RADICANTE

POR UMA ESTÉTICA DA GLOBALIZAÇÃO

RADICANTE
POR UMA ESTÉTICA DA GLOBALIZAÇÃO

Nicolas Bourriaud

Tradução
Dorothée de Bruchard

martins
Martins Fontes

© 2011, Martins Editora Livraria Ltda., São Paulo, para a presente edição.
© 2009, Nicolas Bourriaud.
Esta obra foi publicada originalmente em francês sob o título *Radicant – Pour une esthétique de la globalisation*.

Publisher	*Evandro Mendonça Martins Fontes*
Coordenação editorial	*Anna Dantes*
Produção editorial	*Alyne Azuma*
Preparação	*Maria Cristina Guimarães*
Revisão	*Denise Roberti Camargo*
	José Muniz Jr.
	André Albert
	Dinarte Zorzanelli da Silva
Capa sobre o trabalho	Melhor assim, *2010*
de Carlito Carvalhosa	*Espaço Cultural SOSO+, São Paulo*

Dados Internacionais de Catalogação na Publicação (CIP)
(Câmara Brasileira do Livro, SP, Brasil)

Bourriaud, Nicolas

Radicante – por uma estética da globalização / Nicolas Bourriaud ; tradução Dorothée de Bruchard. – São Paulo : Martins Martins Fontes, 2011.

Título original: The radicant
Bibliografia
ISBN 978-85-8063-013-8

1. Arte moderna – Século 20 2. Arte moderna – Século 21 3. Arte e sociedade 4. Altermodernidade (Arte) 5. Cultura e globalização 6. Cultura popular 7. Estética 8. Modernismo (Arte) I. Título.

11-03442   CDD-709.04

Índices para catálogo sistemático:
1. Arte : Estética relacional   709.04

Todos os direitos desta edição para o Brasil reservados à
Martins Editora Livraria Ltda.
Av. Dr. Arnaldo, 2076
01255-000 São Paulo SP Brasil
Tel.: (11) 3116.0000
info@martinseditora.com.br
www.martinsmartinsfontes.com.br

Advertência 7
Introdução 9

Parte I: Altermodernidade

1. Raízes. Crítica da razão pós-moderna 23
2. Radicais e radicantes 43
3. Victor Segalen e o crioulo do século XXI 59

Parte II: Estética radicante

1. Precariedade estética e formas errantes 79
2. Formas-trajeto 107
3. Transferências 133

Parte III: Tratado de navegação

1. Sob a chuva cultural (Louis Althusser,
   Marcel Duchamp e o uso das formas artísticas) 147
2. O coletivismo artístico e a produção de percurso 163

Pós-pós, ou os tempos altermodernos 181

Este livro foi escrito entre 2005 e 2008 nos lugares aonde minhas circunstâncias me levavam: Paris, Veneza, Kiev, Madri, Havana, Nova York, Moscou, Turim e, por fim, Londres. Cidades, lugares, mais que países. Nações são abstrações das quais desconfio, veremos mais adiante por quê. Mais vale, portanto, procurar em certo modo de vida as fontes desta reflexão teórica sobre a arte contemporânea que responde menos a textos já existentes do que a uma experiência vivida: já lamentei demais a falta de um *vínculo orgânico* entre as críticas e as obras para não enfatizar aqui o fato de essa reflexão teórica nascer de uma vida nômade, ao longo da qual cruzei com a maioria dos artistas que serão abordados mais adiante. As ideias enunciadas neste livro provêm, em sua maioria, do contato com eles e da assídua observação de seus trabalhos.

Multiculturalismo. Pós-moderno. Globalização cultural. São essas as palavras-chave a partir das quais se organiza este ensaio, palavras que remetem a questões não resolvidas. Sabe-se que, longe de enfrentar o feixe de problemas que designam, algumas noções genéricas se contentam em lhe dar um nome. Assim, uma questão lancinante constitui o ponto de partida deste trabalho teórico: por que a globalização tem sido tão comentada do ponto de vista sociológico, político, econômico, e quase nunca por uma perspectiva estética? De que maneira esse fenômeno afeta a vida das *formas*?

Ao refletir sobre a importância assumida pela viagem e sobre a iconografia da mobilidade na arte contemporânea, lembrei-me de um texto que havia publicado em 1990 na revista *New Art International*, intitulado "Notes on radicantity": não faço aqui mais do que desenvolver e aprofundar essa intuição da juventude, que na época se sustentava apenas em parcos exemplos. *Radicante* é totalmente inédito, a não ser pelos dois capítulos da terceira parte. "Sous la pluie culturelle" [Sob a chuva cultural] foi publicado no catálogo *Sonic Process* do Centro Pompidou; uma versão modificada figurou em *Hz*, por ocasião de uma exposição na Schirn Kunsthalle de Frankfurt. "Le collectivisme artistique et la production de parcours" [O coletivismo artístico e a produção de percurso] serviu como introdução à exposição "Playlist", que organizei no Palais de Tokyo em 2005.

Uma imagem, uma ideia: tal foi o ritmo que eu quis imprimir a este ensaio. Minhas leituras de Walter Benjamin e Georges Bataille me ensinaram que às vezes a exposição de um tema por estilhas, uma escrita fragmentária e errante, pode delimitar melhor seu objeto do que muitos desenvolvimentos retilíneos. Seja como for, tal método correspondia ao tema que eu me propunha a tratar. Concebi, portanto, este livro como uma espécie de apresentação em PowerPoint: uma imagem, uma orientação. Ou ainda: um colar cujos elementos seriam fixados uns aos outros pelo poder preensor de uma *ideia fixa*, um arquipélago conceitual que corresponde igualmente à imagem central deste ensaio.

Radicante compõe-se, todavia, de três partes distintas: a primeira aborda o tema de forma teórica; a segunda consiste numa reflexão estética a partir de obras de arte recentes; a terceira estende o pensamento *radicante* aos modos de produção da cultura, assim como às suas formas de uso e consumo.

Finalmente, durante a escrita deste livro procurei nunca perder de vista uma exigente obsessão: olhar o mundo através desse instrumento óptico que é a arte, de modo a esboçar uma "crítica de arte do mundo" em que as obras dialoguem com o contexto em que são produzidas.

INTRODUÇÃO

Cai o muro de Berlim em 9 de novembro de 1989. Seis meses antes, precisamente em 18 de maio, era inaugurada a exposição "Les Magiciens de la Terre" [Os mágicos da Terra], que tinha como subtítulo "A primeira exposição mundial de arte contemporânea", pelo fato de reunir artistas plásticos de todos os continentes: um artista conceitual americano estava ao lado de um sacerdote de vodu haitiano, e um pintor de placas de Kinshasa expunha com grandes nomes da arte europeia[1]. Em todo caso, desse imenso liquidificador que foi "Les Magiciens de la Terre", pode-se datar a entrada oficial da arte nesse mundo globalizado e destituído de "grandes relatos" que é agora o nosso. Essa súbita irrupção na esfera *contemporânea* de indivíduos originários de países então qualificados de "periféricos" corresponde ao surgimento da etapa do capitalismo integral que, vinte anos mais tarde, assumiria o nome de *globalização*. Se essa exposição chegou a alimentar, por outro lado, certa confusão entre as figuras do artista, do padre e do artesão, é desnecessário dizer que as virulentas polêmicas por ela suscitadas não deixavam de ter uma relação com o desmoronamento da alternativa simbólica que o mundo comunista representava. Com o fim da bipolaridade EUA-URSS surgia a bipolaridade da História: pelo menos foi isso que declarou o filósofo americano Francis Fukuyama* num texto que, publicado pouco após a abertura da Cortina de Ferro, obteve imensa repercussão. Voltem a dormir, sujeitos da nova ordem mundial... Seja como for, tornou-se evidente que a História não era mais o valor supremo que permitia ordenar e hierarquizar os signos artísticos. Até então

---
[1] Concebida por Jean-Hubert Martin, no Centro Pompidou e na Grande Halle de la Villette, Paris, 1989.
* Francis Fukuyama, *O fim da História e o último homem*, Rio de Janeiro, Rocco, 1989. (N. E.)

a história da arte do século XX se enunciava como uma sucessão de invenções formais, um cortejo de aventuras individuais e coletivas, cada uma delas veiculando uma nova visão da arte – mas esse tempo acabara, e o pensamento pós-moderno, surgido na década anterior, podia afinal triunfar.

Estávamos adentrando a "pós-História": uma era de conquistas para a economia capitalista, doravante soberana, e a instauração de uma cultura livre do pretenso "terror" disseminado pelas vanguardas. O modernismo? Uma velharia humanista e universalista, a máquina colonial do Ocidente. O mundo inteiro se tornaria "contemporâneo": bastava esperar, como atestava o *boom* econômico asiático, que os países "atrasados" seguissem à risca as recomendações do Fundo Monetário Internacional e conectassem à matriz capitalista suas "velhas culturas complicadas". O desenvolvimento da cultura urbana vinha facilitar esse movimento: a explosão mundial das megalópoles, de Cidade do México a Xangai, contribuiu para a emergência de um vocabulário formal planetário, a tal ponto que poderíamos qualificar a arte do nosso tempo como uma arte das *Metápoles* – cujo paradoxo, contudo, reside em sua propensão a fazer da extensão desértica, ou da mata virgem, pilares para o seu imaginário... Iria o fim da História assumir a forma fervilhante da cidade padronizada e globalizada? Estamos realmente tão longe assim das utopias, da radicalidade e das vanguardas que marcaram o século XX? Se "todo o mundo afirmou que o fim do comunismo significava a morte da utopia e que estávamos agora entrando no mundo do real e da economia", ironiza Slavoj Zizek, tudo leva a crer que, pelo contrário, os anos 1990 "foram a autêntica explosão da utopia, de uma utopia capitalista liberal que supostamente iria solucionar todos os problemas. Desde o 11 de setembro sabemos que as divisões ainda estão presentes, e bem presentes"[2].

---

[2] Slavoj Zizek, *"Le Nouveau Philosophe"*, entrevista a Aude Lancelin, *Le Nouvel Observateur*, 11 de novembro de 2004.

Pois a "pós-História" é um conceito oco – tão oco quanto o da "pós-modernidade", que tem um sentido apenas circunstancial, cumprindo a função de um software de gestão do após o modernismo. O prefixo "pós", cuja ambiguidade pode nos deliciar, só serviu afinal para confederar as múltiplas versões desse *após*, desde um pós-estruturalismo crítico até algumas opções claramente passadistas[3]. Quanto à decantada "hibridação cultural", noção tipicamente pós-moderna, ela revelou ser uma máquina de dissolver qualquer singularidade real sob a máscara de uma ideologia "multiculturalista", máquina de apagar a origem dos elementos "típicos" e "autênticos" que ela enxerta no tronco da tecnosfera ocidental. A pretensa *diversidade cultural*, preservada na redoma de vidro do "patrimônio da humanidade", parece ser o reflexo invertido da padronização generalizada dos imaginários e das formas: quanto mais a arte contemporânea integra vocabulários plásticos heterogêneos provenientes de múltiplas tradições visuais não ocidentais, mais claramente aparecem os traços distintivos de uma cultura única e globalizada. O "diálogo entre culturas" dos discursos oficiais não estaria revelando uma visão do mundo como cadeia de parques culturais preservados – ou mesmo desse *humanismo animal* que Alain Badiou define como um humanismo sem outro projeto que não o de preservar os ecossistemas existentes? "Há que viver em nossa 'aldeia planetária'", escreve ele, "deixar a natureza agir, afirmar em toda parte os direitos naturais. Porque as coisas possuem uma natureza que é preciso respeitar. [...] A economia de mercado, por exemplo, é natural; temos de encontrar o seu equilíbrio entre alguns ricos infelizmente inevitáveis e pobres infelizmente incontáveis, assim como convém respeitar o equilíbrio entre os porcos-espinhos e os caramujos."[4] As diferenças culturais, mumificadas em um caldo compassivo, serão assim salvaguardadas dentro da aldeia global – sem dúvida de modo a enriquecer os parques temáticos com os quais o turismo cultural há de se refestelar.

---

[3] Cf. Hal Foster, *Le Retour du réel*, Bruxelas, La Lettre Volée, 2005, cap. 1.

[4] Alain Badiou, *Le Siècle*, Paris, Le Seuil, 2005, p. 249.

Será o caso de lamentar a ausência do universalismo modernista? Também não. É desnecessário reiterar aqui o colonialismo (inconsciente ou não) que lhe é consubstancial, sua propensão a assimilar as diferenças a certos passadismos e a impor a tudo suas normas, seu relato histórico e seus conceitos como sendo "naturais", e portanto espontaneamente partilháveis por todos. No modelo modernista, explica Thomas McEvilley, a História não passa de uma "linha única que evolui na página do tempo, tendo à sua volta os vastos vazios a-históricos da natureza e do mundo não desenvolvido"[5]. As culturas não ocidentais? São não históricas, logo, inexistentes. Os fetiches baúles? Sem autor, são emanações de uma tribo indistinta, lenha pequena a ser enfornada na caldeira do Progresso. Desde os anos 1980 inúmeros críticos vêm tratando de desconstruir esse discurso. O tema da libertação das minorias alienadas veio substituir a retórica persuasiva do modernismo, mas transformando cada enunciado em objeto de uma suspeita maior: o universal moderno não teria sido mais do que a máscara sob a qual se camufla a voz do "macho branco" dominante. A teoria da desconstrução, encarnada por Jacques Derrida, permite a seus praticantes expor os vestígios de um "não dito" homofóbico, racista, falocêntrico ou sexista sob a superfície dos textos fundadores do modernismo político, filosófico ou estético. Dupla negação, surdezes espelhadas: o palco pós-moderno reencena constantemente a cisão entre colono e colonizado, patrão e escravo, mantendo-se nessa fronteira que constitui seu objeto de estudo e preservando-a tal como ela é: universalismo moderno ou relativismo pós-moderno, quer parecer que não temos escolha. A desconstrução pós-colonial contribuiu assim para substituir uma linguagem por outra; esta se contenta em dar legendagem àquela sem nunca encetar o processo de *tradução* passível de fundar um diálogo entre o passado e o presente, o universal e o mundo das diferenças. Pois o pensamento pós-moderno se apresenta

---

[5] Thomas McEvilley, *Art, Contenu et Mécontentement*, Paris, Jacqueline Chambon, 1998, p. 115.

como uma metodologia da descolonização, em cujo cerne a desconstrução (tal como praticada no âmbito dos *cultural studies*, mais do que como a entendia Derrida) serve para enfraquecer e deslegitimar a língua do mais forte em prol de uma cacofonia impotente. Emancipação, resistência e alienação – conceitos oriundos da filosofia das Luzes que as lutas anticolonialistas, e em seguida os *postcolonial studies*, criticam e, ao mesmo tempo, legitimam – tornaram-se entraves conceituais a que se teria de dar um fim para repensar diferentemente a relação das obras contemporâneas com o poder e a política.

Os tempos parecem ser propícios à recomposição do *moderno* no presente, à possibilidade de reconfigurá-lo em função do contexto específico dentro do qual vivemos. Pois existe um *éon* moderno, um sopro intelectual que atravessa o tempo, um modo de pensamento que assume a forma que as circunstâncias lhe imprimem e se formata segundo os contornos pontuais da adversidade que cada época vem lhe opor. Esse adversário tem hoje em dia mil nomes, entre os quais figuram o *humanismo animal* citado há pouco, as múltiplas nostalgias da velha ordem e, principalmente, a pretexto de globalização econômica, a homogeneização do planeta. Muito embora esse sopro, esse fluido moderno, ainda não esteja coagulado em uma forma identificável e original, podemos desde já perceber facilmente aquilo contra o que ele deve se manifestar hoje... De modo que é lícito afirmar ser possível, neste início de século, retomar o conceito de modernidade sem por um instante sequer ter a sensação de estar voltando atrás e tampouco de ignorar as críticas salutares das tentações totalitárias e pretensões colonialistas do modernismo do século anterior. Vanguarda, universalismo, progresso, radicalidade: noções ligadas a esse modernismo de ontem, às quais não é necessário tornar a aderir para reivindicar a modernidade – ou, na verdade, para dar um passo além das linhas pós-modernas, fronteiras oriundas de uma Yalta estética que já delimita tão somente terras onde reina a mais insossa convencionalidade.

Esse passo inúmeros artistas e autores já deram, sem que se tenha ainda nomeado o espaço inédito dentro do qual estão tateando. Mas eles ou elas levam no cerne de sua prática os princípios essenciais a partir dos quais se poderia reconstituir uma modernidade. Princípios que podem ser enumerados: o presente, a experimentação, o relativo, o fluido. O presente, porque o moderno ("que pertence ao seu tempo", pois é essa a sua definição histórica) é a paixão pelo atual, pelo *hoje* visto como germe e princípio; contra as ideologias conservadoras que gostariam de embalsamá-lo, contra os movimentos reacionários cujo ideal seria a restauração de tal ou qual outrora, mas também – o que distinguiria a *nossa* modernidade das anteriores – contra os ditames futuristas, as teleologias de toda espécie e a radicalidade que os acompanha. A experimentação, porque ser moderno significa correr o risco de agarrar a oportunidade, o *kairos*. Significa *aventurar-se*: não se contentar com a tradição, com as fórmulas e categorias existentes, e sim desbravar novos caminhos, virar piloto de testes. Para manter-se à altura desse risco deve-se igualmente recolocar em questão a solidez das coisas, praticar um relativismo generalizado, um comparatismo crítico impiedoso para com as certezas mais aderentes; perceber as estruturas institucionais ou ideológicas que nos cercam como sendo circunstanciais, históricas e, portanto, reformáveis ao bel-prazer. "Não existem fatos", escreveu Nietzsche, "só existem as interpretações."* Eis por que o moderno é partidário do *evento* em oposição à ordem monumental, do efêmero em oposição aos agentes de uma eternidade de mármore; uma apologia da *fluidez* em oposição à onipresença da reificação[6].

Se é importante, neste início de século, "repensar modernamente" (ou seja, ultrapassar o período histórico definido pelo pós-moderno), há que fazê-lo a partir da globalização, apreendida em seus aspectos econômicos, políticos e

---

* Friedrich Nietzsche, *Além do bem e do mal*, São Paulo, Companhia das Letras, 2005. (N.E.)
[6] Para um relato trans-histórico da modernidade que obedece ao categórico imperativo "faz de tua vida uma obra de arte", cf., do autor: *Formes de vie*, Paris, Denoël, 1999-2002.

culturais. E, mais ainda, a partir de uma ofuscante evidência: se o modernismo do século XX foi um fenômeno cultural puramente ocidental, reproduzido num segundo momento por artistas do mundo inteiro, resta hoje considerar seu equivalente global, ou seja, inventar modos de pensamento e práticas artísticas inovadoras que seriam, desta feita, diretamente conformados pela África, América do Sul ou Ásia, e cujos parâmetros integrariam os modos de pensar e fazer vigentes em Nunavut, em Lagos ou na Bulgária. A tradição africana já não tem de influenciar novos dadaístas numa futura Zurique, tampouco a estampa japonesa tem de inspirar os Manet de amanhã. Os artistas, em qualquer latitude, têm hoje a tarefa de considerar o que seria a primeira cultura verdadeiramente mundial. Um paradoxo, porém, agrega-se a essa missão histórica, que deverá se efetuar em oposição a esse nivelamento político chamado "globalização", e não em sua esteira... Para que essa cultura emergente possa brotar das diferenças e singularidades, em vez de se alinhar à padronização vigente, ela terá de desenvolver um imaginário específico e recorrer a uma lógica que não aquela que preside a globalização capitalista.

No século XIX, na Europa, a modernidade cristalizou-se em torno do fenômeno da industrialização; neste início do século XXI, a mundialização econômica altera com similar brutalidade nossas formas de ver e fazer. É a nossa "barbárie", termo pelo qual Nietzsche designava esse registro de forças que estilhaçava as antigas fronteiras, recompondo o espaço dos "lavradores"[7]. De acordo com o International Migration Report [Relatório de Migração Internacional] 2002 da Organização das Nações Unidas, o número de migrantes duplicou dos anos 1970 para cá. Cerca de 175 milhões de pessoas vivem fora de seu país natal, cifra decerto subestimada e que não cessa de crescer. A intensificação dos fluxos migratórios e financeiros, a banalização da emigração, o adensamento das redes de transporte e a eclosão do turismo de massa têm esboçado novas culturas trans-

---

[7] Friedrich Nietzsche, *Le Gai Savoir*, Paris, UGE, 1985 (coleção 10/18). [Edição brasileira: *A Gaia ciência*, trad. Paulo César de Souza, São Paulo, Companhia das Letras, 2001.]

nacionais – que desencadeiam violentos recuos identitários, étnicos ou nacionais. Pois se existem no mundo cerca de 6 mil línguas, apenas 4% delas são utilizadas por 96% da população mundial. Além disso, metade desses 6 mil idiomas está em vias de desaparecer...

Desde os anos 1980, quando realizei minhas primeiras viagens à Índia, tenho assistido ao espetacular avanço dos padrões ocidentais numa cultura que, no entanto, é extremamente autárquica: as estrelas norte-americanas hoje preenchem as páginas de celebridades dos jornais diários nacionais, os *shopping centers* prosperam... e uma nova geração de artistas maneja com destreza os códigos da arte contemporânea internacional. Tal movimento de uniformização anda par a par com o encolhimento do imaginário do planeta, acompanhado pelos aprimoramentos de sua representação. As imagens por satélite permitiram que se preenchessem os derradeiros espaços vazios existentes no mapa-múndi: já não há terras desconhecidas. Vivemos na era do Google Earth, o qual nos permite, a partir do nosso computador, dar um *zoom* sobre qualquer ponto do planeta. Um estrato cultural mundializado vem se desenvolvendo em velocidade fulminante na superfície desse globo quadriculado, alimentado pela internet e pela colocação em rede das grandes mídias, ao passo que os particularismos locais ou nacionais se veem condenados a ser "protegidos", tal como os rinocerontes tanzanianos em vias de extinção.

Em 1955 Claude Lévi-Strauss já se preocupava, em *Tristes trópicos*, com essa desastrosa "monocultura" que debilita o imaginário e os modos de vida da superfície terrestre. Por ocasião de uma viagem às Antilhas, o etnólogo francês visitou diversas destilarias de rum: na Martinica, onde os procedimentos de fabricação permaneciam inalterados desde o século XVIII, pôde degustar uma bebida "macia e perfumada", ao passo que as modernas instalações de Porto Rico, "um espetáculo de reservatórios brancos e torneiras cromadas", só produziam um álcool brutal e destituído de fineza. Tal contraste, segundo o etnólogo, ilustrava "o paradoxo da civilização, cujos encantos se devem essencialmente aos resíduos que ela carrega em seu fluxo, sem que nem por isso possamos nos proibir de clarificá-la"[8]. O rum de Lévi-Strauss é o perfeito exemplo dessa "modernidade" genérica, doravante sinônimo de progresso tecnológico e uniformização. Na língua corrente, "modernizar" assumiu o sentido de reduzir a realidade cultural e social aos formatos ocidentais, e o modernismo hoje se resume a uma forma de cumplicidade com o colonialismo e o eurocentrismo. Apostemos as fichas numa modernidade que, longe de um absurdo decalque do século passado, seja específica de nossa época e ecoe suas próprias problemáticas: uma *altermodernidade*, ousemos a palavra, cujas problemáticas e figuras este livro tentará esboçar.

De uns trinta anos para cá, a paisagem cultural mundial foi modelada, de um lado, pela pressão de uma superprodução de objetos e informações e, de outro, pela uniformização galopante das culturas e linguagens. A massa caótica de objetos culturais e obras em cujo seio nos movemos abarca tanto a produção presente quanto a passada, porque o museu imaginário agora se estende à totalidade das civilizações e continentes, o que nunca antes havia ocorrido: "Para Baudelaire, a escultura começa com Donatello", lembrava Malraux. Para um amador dos anos 2000, ela inclui tanto a arte taino quanto os bonecos de pelúcia mecanizados de Paul McCarthy; tanto o ateliê de Donald Judd, no Texas, como o templo de Angkor. A internet é o meio privilegiado dessa proliferação de informações, o símbolo material dessa atomização do saber em uma multiplicidade de *nichos* especializados e interdependentes. O que o pós-modernismo denomina *hibridação* consiste em enxertar no tronco de uma cultura popular que se tornou uniforme "especificidades" no mais das vezes caricaturais, tal como se aromatizam com diferentes *flavours* sintéticos os doces industriais. Apenas dois modelos culturais parecem

---

[8] Claude Lévi-Strauss, *Tristes Tropiques*, Paris, Presses Pocket, 1984, p. 459. [Edição brasileira: *Tristes trópicos*, trad. Rosa Freire d'Aguiar, São Paulo, Companhia das Letras, 2005.]

hoje em dia se opor a essas facilidades, sendo eles próprios contraditórios: de um lado, o recuo identitário, contração em valores estéticos tradicionais e locais; de outro, a chamada *crioulização*, segundo o modelo caribenho de aclimação e cruzamento de influências heterogêneas. "O mundo está se crioulizando", explica o escritor antilhano Édouard Glissant, o que significa que "as culturas do mundo, hoje postas em contato de forma fulminante e absolutamente consciente, cambiam ao se intercambiarem em função dos irremissíveis choques de guerras impiedosas, mas também dos avanços da consciência e da esperança"[9].

Em um mundo que se uniformiza um pouco mais a cada dia, só poderemos defender a diversidade alçando-a ao nível de um valor, para além de seu atrativo exótico imediato e dos reflexos condicionados de conservação, ou seja, instituindo-a como *categoria de pensamento*. Senão, para que diversidade? Por que seria ela mais desejável do que o esperanto cultural globalizado, que representa afinal a realização do antigo fantasma de uma cultura mundial? Os textos de Victor Segalen, surpreendente escritor-viajante francês morto em 1919, compõem uma notável matéria para pensar: na contracorrente de todas as análises modernistas, seu *Essai sur l'exotisme* [Ensaio sobre o exotismo] é uma defesa do "diverso" frente ao achatamento generalizado das diferenças, cujas desastrosas consequências Segalen já vislumbra na aurora do século XX. Nesse livro, delineia-se uma nova figura, a do *exota*. Ela nos ajuda a enxergar mais claro na arte de hoje, assombrada pelas figuras da viagem, da expedição, do deslocamento planetário.

Como já foi dito, a reação de defesa mais comum consiste em exaltar a diferença na forma de *substância*: se eu sou ucraniano, egípcio ou italiano, preciso seguir, contra as forças de desarraigamento – maus ventos soprando não se sabe de onde –, tradições históricas nacionais que me permitam estruturar minha presença no mundo segundo um modo identitário. Oriundo de um contexto específico, cá estou eu fada-

---

[9] Édouard Glissant, *Introduction à une poétique du divers*, Paris, Gallimard, 1996.

do a perpetuar as antigas formas que me diferenciam dos outros. Mas quem são esses *outros*? É surpreendente constatar que, em última instância, a questão identitária se coloca de forma mais aguda nas comunidades imigradas nos países mais "mundializados": as antenas parabólicas nos guetos comunitários, o encarceramento em costumes intransportáveis ao país de acolhida, os enxertos que não vingam... São as *raízes* que causam o sofrimento dos indivíduos: em nosso mundo globalizado, elas persistem à maneira desses membros fantasmas decorrentes de uma amputação, que suscitam uma dor impossível de combater, posto que causada por uma substância já inexistente. Em vez de opor uma raiz fixa a outra, uma "origem" mitificada a um "solo" integrador e uniformizador, não seria mais sensato apelar para outras categorias de pensamento, que nos são, aliás, sugeridas por um imaginário mundial em plena mutação? Cento e setenta e cinco milhões de indivíduos no planeta vivendo um exílio mais ou menos voluntário, cerca de dez milhões a mais a cada ano, a banalização do nomadismo profissional, uma circulação sem precedentes de bens e serviços, a constituição de entidades políticas transnacionais: essa situação inédita não poderia ensejar um novo modo de conceber uma identidade cultural?

Falemos de botânica. O mundo contemporâneo, ao organizar as condições materiais do movimento, facilita nossas transplantações. Vasos de flores, viveiros, estufas, campo aberto... Será um acaso o fato de o modernismo ter sido, de ponta a ponta, um elogio da raiz? Ele foi radical. Os manifestos artísticos (ou políticos) recorreram, ao longo de século XX, a uma volta às origens da arte e da sociedade, à sua *depuração*, a fim de reencontrar-lhes a essência. Tratava-se de podar os galhos inúteis, de subtrair, eliminar, reiniciar o mundo a partir de um princípio único, apresentado como fundação de uma nova linguagem libertadora. Apostemos que a modernidade de nosso século irá se inventar justamente em oposição a qualquer radicalismo, rejeitando tanto a má solução do reenraizamento identitário quanto a padronização dos imaginários decretada pela globalização econômica. Pois os criadores contemporâneos já vêm assentando as bases de uma arte *radicante* – epíteto que designa um organismo capaz de fazer brotar suas próprias raízes e de agregá-las à medida que vai avançando. Ser radicante: pôr em cena, pôr em andamento as próprias raízes, em contextos e formatos heterogêneos; negar-lhes a virtude de definir por completo a nossa identidade; traduzir as ideias, transcodificar as imagens, transplantar os comportamentos, trocar mais do que impor. E se a cultura do século XXI inventasse a si mesma através dessas obras que se dão por objeto apagar sua *origem* em proveito de uma profusão de enraizamentos simultâneos ou sucessivos? Tal processo de obliteração faz parte da condição do errante, figura central de nossa era precária, que emerge e insiste no cerne da criação artística contemporânea. Essa figura vem acompanhada de um domínio de formas, o da forma-trajeto, e de um modo ético: a tradução, cujas modalidades e cujo papel essencial dentro da cultura contemporânea este livro gostaria de listar e mostrar.

1
Altermodernidade

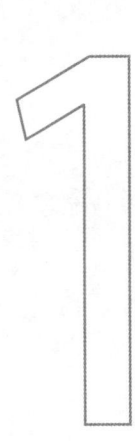

1
Raízes. Crítica da razão pós-moderna

A "dimensão crítica" da arte representa, para o pensamento estético contemporâneo, o mais difundido critério de julgamento. Ao ler os catálogos e revistas de arte que repercutem mecanicamente essa ideologia da suspeita e erigem o coeficiente "crítico" das obras com uma pedra de toque que permite identificar o interessante e o insignificante, como não ter a impressão de que essas obras já não são mais avaliadas, e sim selecionadas numa linha de montagem destinada a calibrá-las? Essas boas calibragens são de notoriedade pública: já imperavam no final do século XIX, época pretérita em que um academismo privilegiava o *tema* (que de modo algum se poderia confundir com o conteúdo) em detrimento da forma (que não se resume ao prazer retiniano). Os tempos pós-modernos veem, mais uma vez, obras que ostentam sentimentos edificantes a pretexto de uma "dimensão crítica", imagens que se redimem de sua indigência formal mediante a valorização de um *status* minoritário ou militante, discursos estéticos que exaltam a "diferença" e o "multiculturalismo" sem saber muito bem por quê.

As várias teorias estéticas nascidas da nebulosa do pós--colonialismo cultural não lograram elaborar uma crítica da ideologia modernista que não conduzisse a um relativismo absoluto ou a um amontoado de "essencialismos". Em sua versão dogmática, tais teorias chegam ao ponto de obliterar qualquer possibilidade de diálogo entre indivíduos que não partilhem a mesma história ou "identidade cultural". O risco não pode ser minorado: de tanta caricatura, a ideologia comparatista que sustenta os *postcolonial studies* prepara uma completa atomização das referências e critérios de julgamento estético. Se sou um homem branco ocidental, como poderia, por exemplo, exercer um julgamento crítico sobre a obra de uma mulher negra camaronense sem me arriscar a despropositadamente lhe "impor" uma visão das coisas marcada pelo eurocentrismo? Pode um heterossexual criticar a obra de um artista gay sem veicular um ponto de vista "dominante"? Ora, mesmo que a suspeita de eurocentrismo ou falocentrismo seja erigida em norma crítica, permanece intacta a noção de periferia: o "centro" é apontado, a filosofia das Luzes é convocada ao banco dos réus. Mas sob que acusação? Homi Bhabha apresenta a teoria pós-colonial como sendo um ato de recusa da visão "binária e hierárquica" que caracteriza o universalismo ocidental[1]. Gayatri Spivak, grande figura dos *subaltern studies*, pretende "desocidentalizar" os próprios conceitos através dos quais é pensada, hoje, a alienação[*]. Esses trabalhos são salutares, mas me atenho aqui aos seus efeitos perversos de transformar a Razão originada das Luzes em um objeto estranho: ela parece ser ao mesmo tempo onipresente e vilipendiada, incessantemente desconstruída, porém intocável. Jacques Lacan lhe concederia o *status* de *objeto (a)*, a saber, um objeto que existe apenas como sombra, um centro vazio, visível tão somente em função de suas anamorfoses. Esse totem modernista revela então uma estranha analogia com o Capital, simultaneamente desdenhado e visto como intocável, incessantemente desconstruído, mas deixado intacto.

"O pós-modernismo", escrevem Toni Negri e Michael Hardt, "é na verdade a lógica segundo a qual opera o capital", posto que constitui "uma excelente descrição dos esquemas capitalistas ideais do consumo de bens", através de noções como diferença, multiplicidade de culturas, mistura e diversidade[2]. As teorias pós-modernas, prosseguem eles,

---

[1] Homi Bhabha, *Les Lieux de la culture. Une théorie postcoloniale*, Paris, Payot, 2007.
[*] Gayatri Spivak, *Pode o subalterno falar?*, Belo Horizonte, Ed. UFMG, 2010. (N.E.)
[2] Michael Hardt e Antonio Negri, *Empire*, Paris, UGE, col. "10/18", 2004, p. 196. [Edição brasileira: *Império*, Rio de Janeiro, Record, 2001.]

podem assim ser percebidas como contraponto homotético dos fundamentalismos religiosos: as primeiras atraindo os "ganhadores" da globalização, e os segundos, seus "perdedores". Também aí deparamos com esse binarismo (desenraizamento "descolado" ou reenraizamento identitário) do qual já se torna urgente extirparmo-nos com recursos oriundos da cultura *moderna*. Trabalhar na recomposição de uma modernidade – cuja tarefa estratégica seria a de se dedicar ao estilhaçamento do pós-modernismo – é, antes de tudo, inventar a ferramenta teórica que permita lutar contra tudo o que, no pensamento pós-moderno, acompanha objetivamente o movimento de padronização inerente à mundialização. Trata-se de identificar esses valores e arrancá-los dos esquemas binários e hierárquicos do modernismo de ontem, assim como das regressões fundamentalistas de todo tipo. Trata-se de abrir uma região intelectual e estética na qual as obras contemporâneas possam ser julgadas segundo critérios iguais – em suma, um espaço de discussão.

Enquanto isso, assistimos à emergência de uma espécie de *cortesia* estética pós-moderna, atitude que consiste em se negar a emitir o menor juízo crítico por medo de ferir a suscetibilidade do *outro*. Essa versão excessiva do multiculturalismo se baseia, decerto, em bons sentimentos, ou seja, notadamente no desejo de "reconhecimento" do outro (Charles Taylor). Seu efeito perverso reside no fato de que se chega ao ponto de considerar implicitamente os artistas não ocidentais como *convidados* com quem se deve ser polido, e não como atores de fato da cena cultural. Pode haver algo mais desdenhoso e paternalista do que esses discursos que excluem de saída a possibilidade de um artista congolês ou laosiano se *comparar* a Jasper Johns ou Mike Kelley em um espaço teórico comum e ser objeto dos mesmos critérios de avaliação estética? No discurso pós-moderno, o "reconhecimento do outro" equivale, com demasiada frequência, a inserir sua imagem em um catálogo das diferenças. Humanismo animal? Seja como for, esse pretenso "respeito pelo Outro" gera um colonialismo às avessas, tão cortês e, em aparência, tão complacente quanto o anterior foi brutal e negador. Em *Bienvenue dans le désert du réel*, Slavoj Zizek cita uma entrevista em que Alain Badiou lembra que não há "respeito pelo outro" que se sustente, por exemplo, para um resistente engajado na luta antinazista de 1942 e tampouco "para quem precisa julgar as obras de um artista medíocre"[3]... A noção de *respeito* ou "reconhecimento do Outro" em nada representa, portanto, "o mais elementar axioma ético", como a leitura de Charles Taylor poderia levar a crer. Para além de uma coexistência pacífica e estéril de culturas reificadas (o multiculturalismo), é preciso passar para a cooperação entre culturas igualmente críticas de sua própria identidade – ou seja, chegar ao estágio da tradução.

A implicação é colossal: trata-se de permitir que se reescreva a História "oficial" em benefício de relatos plurais, ao mesmo tempo que se estabeleça um possível diálogo entre essas diferentes versões da História. Sem isso o movimento de uniformização cultural só poderá se ampliar por trás da máscara tranquilizadora de um pensamento do "reconhecimento do Outro" em que este se torna uma espécie a ser preservada. Gayatri Spivak defende a ideia de um "essencialismo estratégico" – reivindicação, por um indivíduo ou grupo minoritário, da substância cultural sobre a qual eles/elas fundam sua identidade – que permita a esses "subalternos" ter acesso à palavra no contexto do Império globalizado. Sabe-se que Spivak considera desconstrutível toda identidade cultural, mas ela propõe esse desvio "por um interesse político claramente visível", sabendo que a esfera política ainda funciona de acordo com essas categorias existencialistas[4]. Será essa tática realmente eficaz? Uma essência, ensina-nos o dicionário, é "o que faz que uma coisa seja o que é"; o essencialismo remete, assim, ao que é estável e imutável dentro de um sistema ou conceito.

---

[3] Slavoj Zizek, *Bienvenue dans le désert du réel*, Paris, Flammarion, 2006. [Edição brasileira: *Bem-vindo ao deserto do real!*, trad. Paulo Cezar Castanheira, São Paulo, Boitempo, 2003.]

[4] Gayatri Spivak, *In Other Worlds: Essays in Cultural Politics*, Nova York, Methuen, 1987, p. 205.

Que na vida das formas e das ideias a *origem* prime assim sobre *o destino* se revela o motivo pós-moderno dominante. Por que deveria um artista iraniano, chinês ou patagônio se ver forçado a produzir sua *diferença cultural* em suas obras, ao passo que um americano ou alemão é antes julgado a partir da crítica que faz aos modelos de pensamento e de sua resistência às injunções do poder e aos ditames das convenções? Na falta de um espaço cultural comum, desocupado desde a falência do universalismo modernista, o indivíduo ocidental se sente obrigado a ver no Outro um representante do Verdadeiro, de cujo lugar de enunciação uma fina divisória nos separa. Comentando simultaneamente "Les Magiciens de la Terre" e "Partage d'Exotismes" [Partilha de exotismos], a exposição que realizou para a Bienal de Lyon em 2001, Jean-Hubert Martin explica que "a grande mudança que marca este final de século é a possibilidade, para qualquer artista do mundo inteiro – quer sua inspiração seja religiosa, mágica, ou não –, de se dar a conhecer de acordo com os códigos e referências de sua própria cultura"[5]. Deparamos aí com uma aporia: mesmo sabendo que o "grande relato" universal do modernismo está doravante caduco, julgar uma obra de acordo com os códigos da cultura local de seu autor pressupõe um espectador que domine o campo referencial de todas as culturas, o que parece ser, no mínimo, difícil... Mas, afinal, por que não imaginar um espectador ideal que possua as propriedades de um decodificador universal? Ou então aceitar a ideia de que o julgamento deve permanecer indefinidamente suspenso? Em uma espécie de pacto faustiano com um Outro fantasiado de sujeito detentor da verdade histórica e política, a crítica de arte aceita de bom grado se ver como uma neoantropologia que seria a ciência da alteridade por excelência[6].

Não podemos, contudo, deixar de nos impressionar com a dicotomia existente entre essa proposição humanista (julgar cada artista "de acordo" com sua própria cultura) e o real movimento da produção social: em uma época em

---

[5] *Partage d'exotismes*, catálogo da Bienal de Lyon, 2001, p. 124.
[6] Cf. Hal Foster, op. cit., p. 225-231.

que particularidades milenares são erradicadas em nome da eficácia econômica, o multiculturalismo estético nos incita a considerar atentamente códigos culturais em vias de desaparecimento, fazendo assim da arte contemporânea um conservatório das tradições e identidades laminadas na realidade pela globalização. Poderíamos falar aqui em tensão produtiva; vejo nisso, porém, uma contradição, ou mesmo uma armadilha. Mas o essencial reside na expressão utilizada por Jean-Hubert Martin: "de acordo". Não "*segundo* seus códigos e referências", o que indicaria uma exclusão, mas "acordando" seus códigos a outros códigos, fazendo sua singularidade entrar em ressonância com uma história e problemáticas provenientes de outras culturas. Em suma, por um ato de *tradução*, que poderia hoje representar esse "esforço ético elementar" imputado, erroneamente, ao reconhecimento do outro enquanto tal: toda tradução implica adaptar o sentido de uma proposição, *fazê-la passar* de um código para outro, o que requer que se dominem as duas línguas, mas também que nenhuma delas seja dada. O gesto de traduzir não impede absolutamente a crítica, ou mesmo a oposição: em todo caso, implica uma apresentação. Ao cumprir esse gesto, não se estará negando uma possível opacidade do sentido, tampouco o indizível, uma vez que toda tradução, fatalmente incompleta, deixa atrás de si um irredutível *resto*.

Não é à toa que no cerne dos discursos críptico-humanistas oriundos dos *cultural studies* e dos estudos pós-coloniais o único elemento partilhado, e sem discussão, é a esfera da técnica. Na arte, o vídeo se torna assim uma *lingua franca*, graças à qual os artistas de qualquer nacionalidade se veem legitimados a ressaltar suas diferenças culturais, as quais se inscrevem então nesse novo espaço universalista, *à falta de opção melhor*, que o aparelho tecnológico representa.

O vídeo está longe, porém, de representar uma técnica ou disciplina neutra: a proliferação do gênero documentário, como constatado desde o início dos anos 1990, corresponde a uma dupla necessidade de informação e questionamento. Informação porque algumas antigas funções do cinema, exaltadas em sua época por Roberto Rossellini ou pela nouvelle vague francesa (o conceito de "realismo ontológico" faz de cada ficção um documentário sobre o espaço-tempo de sua gravação), estão prestes a ser pura e simplesmente evacuadas para a arte contemporânea por uma indústria cinematográfica que só enxerga no mundo externo um reservatório de cenários e intrigas. O cinema hollywoodiano já não retrata o modo de vida das pessoas.

Dar notícias do mundo, registrar as mudanças de nosso ambiente, mostrar de que maneira os indivíduos se deslocam ou se inserem no seu contexto de vida: a maioria dos filmes ditos "de autor" respeitou com mais ou menos cuidado esse caderno de encargos. Antigamente, o cinema trazia informações sobre o mundo que nos cercava; parece que doravante essa função recairá essencialmente sobre a arte contemporânea. A proliferação das longas sessões de projeção nas bienais e a paulatina legitimação do gênero documentário como projeto artístico indicam, primeiramente, que esse tipo de objeto já não encontra sua viabilidade econômica senão no circuito da arte e que essa simples demanda – "dar notícias do mundo" – é hoje suprida mais nas galerias de arte do que nas salas de cinema. Esse troca-troca se dá no regime estético com a invasão daquilo que Serge Daney chamava de "o visual" (os princípios publicitários aplicados à imagem cinematográfica) e o caráter problemático da imagem na arte*. Para ser sucinto: enquanto o cinema se dirigia cada vez mais para a imagem (em detrimento do plano), a arte rumava em sentido inverso, fugindo do símbolo para encontrar o real por meio da forma documental. Temos aí, sem dúvida, os elementos para um encontro; mas também temos, infelizmente, a lei do lucro, que remete os produtos não rentáveis a um circuito de produção menos oneroso.

O formato documental possui a virtude imediata de reconectar os signos a um referente real. Nos vídeos de Jennifer Allora e Guillermo Calzadilla, Kutlug Ataman, Shirin

---
* Serge Daney, *A rampa*, São Paulo, Cosac Naify, 2007. (N.E.)

Neshat, Francis Alÿs, Darren Almond ou Anri Sala, o contexto "exótico" tem um papel não desprezível, e isso para além de sua temática: neles buscamos instintivamente notícias do planeta, uma informação sobre o Alhures, sobre o Outro. Não é, aqui, a maneira de representar o mundo que se revela como "outra", e sim a realidade que os artistas enquadram com sua câmera: o público da arte tem fome de informações. "Eu vim de lá", poderia estar dizendo o artista, "mas estou mostrando a vocês imagens do meu universo em um formato que é mais familiar para vocês, a imagem televisiva." Kutlug Ataman, em sua imponente instalação *Küba*, joga com essa familiaridade: no escuro, um enxame de televisores de origens diversas instalados retangularmente sobre mesas e carteiras precárias. Cada um deles transmite a imagem de um morador de Küba, uma favela do subúrbio de Istambul, e nos faz ouvir seu monólogo. Mais do que nas composições caóticas de Nam June Paik, que esse acúmulo de televisores poderia lembrar, a obra de Ataman mescla o modelo formal da loja de eletrodomésticos e o da sala de aula. Colhendo as palavras de travestis ou refugiados, insere-se na linhagem de um Pasolini filmando no subúrbio romano um Terceiro Mundo muito próximo... A instalação poderia ser demagógica, paternalista, simplista, como é a maioria das produções desse tipo, mas o contexto televisivo que o artista impõe aos seus modelos, cuja palavra se perde em uma floresta de imagens e sons provenientes de uma profusão de monitores obsoletos, antes esboça uma tragédia contemporânea do que uma quermesse humanitária. Temos de nos acercar para ouvir uma voz; prestar atenção, como faria um visitante de passagem.

O que significa, hoje em dia, ser americano, francês, chileno, tailandês? Para começar, essas palavras não têm o mesmo sentido para aqueles que vivem em sua terra natal e para aqueles que emigraram. Ser mexicano na Alemanha não tem muito a ver com ser mexicano no México. No momento em que a quase totalidade dos Estados-nação se vê atravessada pelo fluxo uniformizador da globalização, a dimensão *portátil* dos dados nacionais se tornou mais importante do que sua realidade local. Jean-Paul Sartre, no seu *Carnets de la drôle de guerre*, conta que no outono de 1939, sob a ameaça nazista, o governo francês organizou o êxodo de aldeias inteiras da Alsácia para a região do Limousin, então muito atrasada. O fato de esses alsacianos terem sido transplantados de uma aldeia para outra produziu neles automaticamente uma fixação em seus ritos, costumes e representações coletivas, mas em um ambiente em que esses particularismos não tinham mais significado algum, porque não se refletiam no ambiente nem na arquitetura que antes lhes ofereciam um suporte material: "Percebe-se que o ritualismo social se exaspera e se torna frenético", explica Sartre, "à medida que mais lhe fazem falta as bases reais. Trata-se agora de uma espécie de sociedade sem terra, sonhando sua espiritualidade em vez de agarrá-la por meio das mil tarefas da vida cotidiana. Isso promove o orgulho, em reação defensiva, e um estreitamento doentio dos laços sociais. Está aí uma sociedade frenética e solta no ar"[7]. Haverá melhor imagem para as periferias francesas ou os *neighborhoods* americanos em que se aglutinam as comunidades imigradas? A novidade, porém, é que hoje esse relato descreveria igualmente a condição cultural de um europeu médio em tempos de globalização: desaparece o "chão", e cá estamos nós, compelidos a nos virar com nossos ritos, nossa cultura e nossa história, doravante circunscritos a contextos urbanos padronizados que já não nos devolvem nenhuma imagem, a não ser em locais reservados para tanto: museus, monumentos, bairros históricos. Nossos ambientes já não refletem a História, e sim a transformam em espetáculo ou a reduzem aos limites de um memorial. Onde reencontrá-la? Nas práticas *portáteis*. É nos modos de vida do cotidiano – as imagens, as roupas, a culinária, os rituais – que as práticas culturais do imigrante se improvisam, longe dos olhares dos donos

---

[7] Jean-Paul Sartre, *Carnets de la drôle de guerre*, Paris, Gallimard, 1983, p. 59-60. [Edição brasileira: *Diário de uma guerra estranha*, trad. Aulyde Soares Rodrigues e Guilherme João de Freitas Teixeira, Rio de Janeiro, Nova Fronteira, 2005.]

do solo – uma cultura desenraizada e frágil, em que o essencial repousa *naquilo que é amovível*. Essas formas portáteis são dispostas, fixadas – bem ou mal – num plano cultural que não contava com elas. Crescem, então, como plantas silvestres, provocando às vezes violentas rejeições. Assim, a cultura hoje constitui essencialmente um elemento móvel, extrassolo, ao passo que essa diasporização é pensada ainda e sempre, como que por reflexo, nos antigos termos do enraizamento e da integração.

O multiculturalismo pós-moderno não logrou criar uma alternativa para o universalismo modernista, uma vez que recriou, onde quer que tenha sido aplicado, ancoramentos culturais ou enraizamentos étnicos. Pois, assim como o pensamento ocidental clássico, ele funciona com base em pertencimentos: dessa forma, um trabalho de artista se vê inevitavelmente formulado pela "condição", pelo "*status*" ou pela "origem" de seu autor: a obra de um artista negro, gay, originário de Camarões ou filho de imigrantes mexicanos será assim automaticamente lida através do prisma desse contexto biopolítico, que é, no entanto, tão normativo quanto qualquer outro. Cada qual se vê assim situado, matriculado, pregado em seu local de enunciação, encerrado na tradição de que supostamente provém. "De onde você está falando?", pergunta a crítica, como se o ser humano sempre permanecesse em um lugar, um só lugar, e dispusesse, para se expressar, de um único tom de voz e de uma única língua. Está aí o ponto cego da teoria pós--colonial aplicada à arte, que concebe o indivíduo como definitivamente rotulado com suas raízes locais, étnicas ou culturais. Ela faz, assim, o jogo do poder, pois o que este deseja intensamente são sujeitos que enunciam eles próprios sua identidade, facilitando sua classificação estatística. E o que o mercado de arte deseja é poder dispor de categorias simples e imagens reconhecíveis a fim de melhor distribuir seus produtos. As teorias multiculturalistas não fazem mais do que reforçar, portanto, as instâncias do poder, uma vez que caíram na armadilha preparada por ele: lutar contra a opressão e a alienação mediante uma obrigação de residência simbólica – a dos parques temáticos essencialistas. Ora, como já escrevia Claude Lévi-Strauss, "a exclusiva fatalidade, a única tara capaz de afligir um grupo humano e impedi-lo de realizar plenamente sua natureza, é estar sozinho"[8].

Tal pensamento de obrigação territorial tem sua fonte numa ideologia modernista que ele afirma refutar, mas que é mantida em respiração artificial pela esquerda radical, mediante o empréstimo de formatos de pensamento utilizados pelas lutas anticoloniais ao longo de todo o século XX e através dos quais enxergamos todo combate em prol da liberdade: a emancipação, a resistência, a alienação. O discurso pós-moderno retoma tal e qual essas categorias conceituais, embora destinando-as a outros objetos sociais ou históricos. Em seu famoso ensaio *Les Damnés de la terre*[*], Frantz Fanon explica que a arma suprema do colono consiste em impor sua imagem por sobre a imagem do povo colonizado. Era necessário destruir essas imagens intrusivas para redescobrir as imagens dos povos em luta por sua independência sob a camada que as obliterava. Como ignorar, com efeito, que a luta política é hoje, mais do que nunca, uma luta de representações? Revela-se assim indispensável, segundo os discípulos contemporâneos de Fanon, substituir uma história dominada pelos "machos brancos mortos" pelo que eles chamam, com razão, de "verdadeiro pluralismo histórico", a saber, a integração da voz dos *vencidos* ao relato monofônico da História. No entanto, o destino totalitário e repressivo da quase totalidade dos países africanos que chegaram à independência deveria nos ter ensinado algumas coisas: uma vez obtida a emancipação, o anticolonialismo não substitui um pensamento político e, consequentemente, não teria como constituir um projeto cultural e estético viável. O modelo anticolonial, que impregna os *cultural studies* e os discursos sobre a arte,

---

[8] Claude Lévi-Strauss, "Race et Histoire", in *Anthropologie structurale*, t. 2, Paris, Plon, 1996, p. 415. [Edição brasileira: *Antropologia cultural*, trad. Beatriz Perrone-Moisés. São Paulo: Cosac Naify, 2008.]
[*] Frantz Fanon, *Os condenados da terra*, trad. Enilce Albergaria Rocha e Lucy Magalhães, Juiz de Fora, UFJF, 2005. (N. T.)

solapa os alicerces do modernismo sem substituí-los por nada além desse próprio escavamento, ou seja, o vazio. E nessa incansável desconstrução da voz do macho branco ocidental já se ouve, em surdina, somente a voz de uma negatividade sem projeto.

Tal discurso pós-colonial se tornou hoje hegemônico, pois se insere perfeitamente na ideologia identitária pós--moderna. Se tivéssemos de caricaturar seus conteúdos, poderíamos fazê-lo assim: as obras do passado não seriam mais do que o produto das condições históricas dentro das quais elas se deram, e deveríamos interpretá-las segundo uma ficha etnossociológica, ao passo que as obras contemporâneas se explicariam por seu surgimento na megalópole universal da qual extrairiam sua significação espontânea. A cidade, a cidade, a cidade... O pós-modernismo substituiu, assim, o universo abstrato e teórico do modernismo por outra forma de totalização: totalização esta tanto simbólica como empírica de um contexto urbano infinito que seria o palco de uma luta de identidades entre imigrantes e sedentários, e de um conflito territorial entre o espaço público e o domínio privado. Assim se apresenta a cena primitiva da ideologia pós-moderna: a edificação de um gigantesco cenário diante do qual se ergue o cadafalso onde deve ser liquidado o que foi o evento moderno, dissecado e pulverizado em um multiculturalismo identitário. O conceito de evento, teorizado por Alain Badiou, permite-nos olhar de forma diferente para a questão da modernidade: somos fiéis a quê? Em que fato histórico arrimamos nossa ação? A implicação teórica deste ensaio poderia se resumir na decisão filosófica de permanecer fiel ao programa aberto pelo modernismo como evento inserido no pensamento (embora fazendo a triagem de suas componentes), sem perpetuá-lo, todavia, em sua forma, pois não se trata de concordar com a fetichização dos princípios modernistas que está na moda na arte atual nem de relegar ao passado o espírito que a animava.

Limitar o modernismo ao início do século XX, amarrando-o às ideologias políticas radicais que constituíam seu cenário histórico, afixando-o de uma vez por todas no quadro do "terror" revolucionário, constitui uma estratégia hábil e bastante difundida. Isso, porém, implica reduzir o evento moderno a uma excrescência da História, limitá-lo a não ser mais do que o produto de seu tempo. Ora, uma obra de Kazimir Malevitch ou Marcel Duchamp não pode ser vista apenas como um produto da História e das circunstâncias sociopolíticas que a viram nascer: ela constitui igualmente um evento que gera efeitos e influencia sua época, ou seja, produz história tanto quanto é resultado lógico de uma série de determinismos. Se o pensamento crítico pós-moderno insiste tanto nessa relação de mão única entre a arte e a História, é porque ela constitui o cerne dessa política da rotulação, dessa ideologia do *pertencimento* (ao lugar, ao momento) que sustenta o que há de essencial em seu discurso. Ela se coloca, assim, como a negação dessas forças de descentramento, de acionamento, de descolagem, de desincrustação instituídas por essa cultura emergente que qualifico aqui de *altermoderna*.

O pensamento feminista e recentes teorias políticas da sexualidade, inspiradas pelos trabalhos de Michel Foucault e Jacques Lacan, analisam o regime pós-identitário em que penetrou o indivíduo contemporâneo, afirmando que não somos tão rotulados pela nossa cultura ou pelo nosso país tanto quanto somos rotulados por nosso *sexo*. Judith Butler considera como dado que "o sujeito como entidade idêntica a si mesmo não existe mais"[9]. No que tange à vida sexual, a noção de identidade se anula em proveito de atos "performados", de representações de si mesmo que implicam um movimento permanente por parte do "sujeito": a identidade sexual, explica Butler, não passa de um jogo com os códigos, da articulação de signos que um indivíduo veste sem aderir a eles, procedendo por citações de normas sexuais mais do que se identificando irrevogavelmente com uma delas. Somos todos *queers* em potencial: para além das rotulações sexuais, a totalidade

---

[9] Judith Butler, *Bodies that Matter: On the Discursive Limits of Sex*, Nova York, Routledge, 1993, p. 230.

das componentes de nossa identidade depende de semelhantes táticas, passíveis de ser jogadas no tabuleiro das culturas. Assim, a vida cultural é feita de tensões entre a reificação pura e simples pressuposta pela inclusão de si mesmo em uma categoria *ready-made* (esteta amante de ópera, adolescente gótico, leitor de romances históricos...) e a manifestação das identidades, que implica uma luta contra qualquer aderência: cabe afirmar que o consumo de signos culturais não acarreta nenhuma conotação identitária duradoura. Por definição, não se é aquilo que se usa. Em 1977, os *punks* ingleses justapunham em suas jaquetas de couro bótons nazistas e comunistas. Aquelas suásticas e foices exibidas *juntas* significavam, acima de tudo, o ódio a toda lógica de rotulação ideológica: contra a evidência demonstrativa (devemos *representar* os signos que usamos, mais ainda do que o inverso), os *punks* optaram pelo paradoxo flutuante. Estavam ali, pregados, signos esvaziados pelo choque de sua copresença. O pertencimento a uma comunidade identitária pertence a essa lógica do bóton. Revestindo signos de coerência atestada por uma tradição, roupagens intelectuais e estéticas que supostamente compõem um "corpo natural", o nacionalismo contemporâneo revela ser uma *drag queen* que desconhece a si mesma.

Anteriormente, neste capítulo, afirmo que um artista congolês ou laosiano precisa poder *ser comparado* a Jasper Johns ou Mike Kelley dentro de um mesmo espaço teórico e ser objeto dos mesmos critérios de avaliação estética. O reflexo pós-modernista consistiria, aqui, em denunciar essa tentativa de alinhamento da *identidade* togolesa ou laosiana com um regime estético único e, portanto, suspeitável de *universalismo*; contudo, as compartimentações identitárias em que repousa a ética pós-modernista fundam uma discriminação que, por ser exercida por trás da máscara generosa de uma ideologia do "reconhecimento do outro", é mais sutil e mais preservadora da dominação da cultura ocidental. Ora, embora seja realmente "de acordo com os códigos e referências de [sua] própria cultura" – para retomar os termos de Jean-Hubert Martin – que as obras de Barthélemy Toguo, Kim Sooja ou Chris Ofili podem ser interpretadas, tais códigos culturais e referências identitárias não seriam mais do que elementos folclóricos se não estivessem conectados a esse *projeto de construção* que o sistema da arte constitui, uma base que historicamente depende – em grande parte, pelo menos – da cultura ocidental. Será essa origem ocidental suficiente para desqualificar o projeto de construção? Sim, se acreditarmos que o futuro da arte passa pela simples coexistência de identidades cuja autonomia se trata de preservar. Não, se acharmos que cada uma dessas especificidades pode participar da emergência de uma modernidade específica do século XXI, da construção em nível planetário, mediante a cooperação entre uma profusão de *semas* culturais e a permanente tradução das singularidades: uma altermodernidade.

Tal sistema da arte, tal projeto de construção, não poderá funcionar alheio ao conhecimento de sua própria história: ora, essa história não é fechada sobre si mesma e se enriquece permanentemente – assim, é no passado que hoje podemos fazer descobertas, como a do movimento cristalista surgido na Etiópia nos anos 1970 ou a da tradição da monocromia tântrica na Índia do século XVII... Cabe aos artistas de todos os países se apropriarem dessa história, em todos os sentidos. Para citar um exemplo recente, a maneira como um Rirkrit Tiravanija estabeleceu conexões entre a tradição budista e a arte conceitual representa um modelo de transcodificação histórica e formal; e, inversamente, o gesto de revitalização efetuado por Tetsuo Ozawa sobre objetos oriundos da tradicional cultura japonesa mediante práticas do movimento Fluxus vem provar que essa transcodificação pode enveredar por caminhos singulares e originais. O budismo multiplicado por Dan Graham; o Fluxus multiplicado pela tradição popular japonesa: para os dois artistas citados já não se trata de acumular elementos heterogêneos em suas obras, e sim de construir vínculos significativos no texto infinito da cultura mundial. Produzir, em suma, itinerários na paisagem dos signos, assumindo seu papel de *semionautas*, de criadores de percursos dentro da paisagem cultural, de nômades coletores de signos.

Mas como defender a existência das singularidades culturais e, ao mesmo tempo, se opor à ideia de julgar as obras em nome dessas singularidades, ou seja, negar-se a se manter nos trilhos das próprias tradições? É essa a aporia que fundamenta o discurso pós-moderno e constitui sua fragilidade ontológica. Em outras palavras, a pós-modernidade consiste em *não responder* à pergunta feita. Pois para formular uma resposta seria preciso escolher entre duas opções contrárias: entre um consentimento tácito à tradição – se pensarmos que cada cultura produz seus próprios critérios de juízo e em função deles deve ser avaliada – e a aposta na emergência de um pensamento passível de operar interconexões entre culturas díspares sem que seja negada sua singularidade. O discurso pós-moderno, que oscila entre a desconstrução crítica do modernismo e a atomização multiculturalista, favorece implicitamente um infinito *status quo*. Por esse ponto de vista ele representa uma força repressiva, contribuindo para manter as culturas mundiais em um estado de pseudoautenticidade, armazenando os signos vivos em uma reserva natural de tradições e modos de pensamento em que eles permanecem disponíveis para qualquer empreendimento de mercantilização. O que poderia, então, perturbar essa reificação ideal? Que objeto é esse, cuidadosamente reprimido, cujos contornos se vislumbram, implícitos, nesse dispositivo ideológico? Um termo a não ser nunca pronunciado: uma modernidade. Em outras palavras, um projeto coletivo que não se vincula a nenhuma origem, mas cuja direção transcenderia os códigos culturais existentes e arrastaria os signos em um movimento nômade.

O que chamo de *altermodernidade* designa, assim, um projeto de construção que permitiria novos direcionamentos interculturais, a construção de um espaço de negociações que fosse além do multiculturalismo pós-moderno, ligado antes à origem dos discursos e formas do que à sua dinâmica. Há que substituir essa pergunta sobre a proveniência por aquela sobre a destinação. "Para onde ir?" Tal é a pergunta moderna por excelência.

A emergência dessa nova entidade implica a invenção de uma nova *personagem conceitual* (no sentido que Deleuze e Guattari davam ao termo) que operasse a conjunção entre modernismo e globalização. Para defini-la, teríamos de voltar a um dos textos fundadores do pensamento sobre a arte do século XX, "L'Œuvre d'art à l'ère de sa reproductibilité technique", de Walter Benjamin. Esse ensaio de 1936, embora tenha sido lido a propósito da produção das imagens, resulta igualmente portador de uma ética cujo potencial permanece subestimado. Nele, Walter Benjamin define a aura da obra de arte como sendo seu "aqui e agora", ou seja, "a unicidade de sua presença ali onde ela se encontra"[10], unicidade fundadora de sua autenticidade e sua história. Com a reprodução técnica das imagens, explica ele, altera-se a noção de autenticidade, mas não só na esfera da arte: os novos modos de produção da imagem implicam tanto novas relações de trabalho quanto uma redefinição do sujeito. Tomando o cinema como paradigma dessas novas relações, ele explica que cada um de nós, em meio à multidão das grandes cidades, encontra-se doravante sob o olhar de uma câmera. "O papel das máquinas na apresentação dos filmes", observa ele, "é análogo àquele desempenhado, para o indivíduo, pelo conjunto de circunstâncias econômicas que ampliaram de modo extraordinário as áreas em que ele pode ser testado."[11] A tomada cinematográfica se torna o modelo absoluto de controle do rebanho humano e irá alterar consideravelmente o exercício do poder político. Com o surgimento do noticiário cinematográfico, prossegue Benjamin, todos podem ser filmados na rua e encontrar na mídia em desenvolvimento a possibilidade de se fazer ouvir: ele chega à surpreendente conclusão de que "a diferença entre

---

[10] Walter Benjamin, "L'Œuvre d'art à l'ère de sa reproductibilité technique", in *Écrits*, Paris, Denoël-Gonthier, 1983, p. 90. [Edição brasileira: "A obra de arte na era da reprodutibilidade técnica", in *Obras Escolhidas*, trad. J. C. M. Barbosa e H. A. Baptista, vol. I: *Magia e técnica, arte e política*, São Paulo, Brasiliense, 1985.]

[11] Ibid., p. 104.

o autor e o público está em vias [...] de se tornar cada vez menos essencial. Ela agora é apenas funcional e pode variar de acordo com as circunstâncias"[12].

É nesse ponto preciso que devemos tomar Walter Benjamin ao pé da letra e imaginar que a era que ele anuncia acabou por produzir uma nova figura de sujeito, libertada dessa "aura" psicológica representada pela sacrossanta identidade. Reconhecemos essa figura na descrição que Benjamin faz do protótipo de um novo proletário: o ator de cinema. O ator de cinema evolui em um contexto fragmentado que ele não domina, em que "não vende apenas sua força de trabalho, mas também sua pele e seu cabelo, seu coração e seu lombo"[13]. Esse capítulo sobre o ator começa com uma extensa citação de Luigi Pirandello, que explica, em essência, que "os atores de cinema se sentem como que exilados"[14], ou seja, alheios à imagem de si mesmos que a câmera lhes restitui. Segundo Benjamin, "esse sentimento se parece, de pronto, com aquele experimentado por todo homem diante do espelho. Agora, porém, sua imagem no espelho aparta-se dele, tornou-se transportável"[15]. Uma imagem transportável, um espelho em marcha: o destino do sujeito no mundo da reprodução ilimitada é o de um perpétuo exilado. Um século mais tarde nos movemos em um universo mental em que cada um de nós vive, diariamente, a experiência do ator de Benjamin: é difícil fundar nossa identidade em um chão estável, uma carência que nos incita a aderir a uma comunidade provedora de identidade ou, inversamente, a vagar pelo espaço desencarnado. Nesse mundo do inautêntico, compartimentado pela engenharia doméstica das imagens e câmeras de controle, padronizado pela indústria mundial do imaginário, os signos circulam mais do que as forças que os conformam: podemos apenas nos mover nas culturas sem nos identificar com elas, criar singularidade sem nela imergir, surfar nas

---

[12] Ibid., p. 110.
[13] Ibid., p. 108.
[14] Ibid., p. 105.
[15] Ibid., p. 107.

formas sem penetrá-las. Esse destino de *homem sem aura* (e portanto sem "longínquo", o que aqui significa "sem origem") é, sem dúvida, ainda mais difícil de ser aceito por um ocidental, herdeiro de uma cultura em que os valores tendem à totalidade e ao universal. Mas é o destino que hoje nos cabe assumir, a não ser que optemos pelas identidades duras cujo arsenal nos é oferecido pelos nacionalismos e integrismos ou pelos vagos grupos-sujeito moles que o pensamento pós-moderno nos propõe.

Esse dilema pode ser expresso da seguinte forma: de um lado juntar-se àqueles que *provêm* de um mesmo lugar, quer se trate de uma nação, de uma cultura ou de uma comunidade de interesses. De outro, unir-se àqueles que *se dirigem* para um mesmo lugar, mesmo que esse lugar permaneça vago e hipotético. O evento moderno, na sua essência, apresenta-se como a constituição de um grupo que atravessa, arrancando-os, os pertencimentos e as origens: quaisquer que sejam seu gênero, classe social, cultura, origem geográfica ou histórica e orientação sexual, eles constituem uma tropa definida por sua direção e velocidade, uma tribo nômade desvencilhada de qualquer amarra interna ou identidade fixa. Usando outra imagem, o momento moderno se assemelha a uma emulsão: o líquido social e cultural se agita por efeito do movimento, produzindo uma liga que mistura, sem dissolvê-los, os ingredientes isolados que entram em sua composição. O que eu denomino altermoderno é precisamente a emergência, neste início do século XXI, de um processo análogo: um novo *precipitado* cultural, ou ainda a formação de um povo móvel de artistas e pensadores que escolheram andar na mesma direção. Um pôr-se em marcha, um êxodo.

Essa modernidade do século XXI, nascida de negociações planetárias e descentradas, de múltiplas discussões entre atores oriundos de diferentes culturas, da confrontação entre discursos heterogêneos, só poderá ser *poliglota*: o altermoderno se anuncia como uma modernidade tradutora, em oposição ao relato moderno do século XX, cujo "progressismo" falava a língua abstrata do Ocidente colonial. E essa busca por um acordo produtivo entre discursos singulares, esse esforço permanente de coordenação, essa constante elaboração de disposições capazes de levar elementos díspares a funcionar em conjunto, constitui simultaneamente seu motor e seu conteúdo. Essa operação que transforma cada artista, cada autor, em um tradutor de si próprio implica aceitar que nenhuma palavra traz o selo de qualquer espécie de "autenticidade": estamos entrando na era da legendagem universal, da dublagem generalizada. Uma era que valoriza os laços tecidos por textos e imagens, as trajetórias criadas pelos artistas no seio de uma paisagem multicultural, as passagens que eles vão abrindo entre formatos de expressão e comunicação.

2
Radicais e radicantes

A fim de melhor perceber as implicações desse movimento de desassociação das identidades e dos signos, cabe voltar ao modernismo, obcecado pela paixão da *radicalidade*: desbastar, depurar, eliminar, subtrair, retornar a um princípio primeiro, tal foi o denominador comum de todas as vanguardas do século XX. O inconsciente para o surrealismo, a noção de escolha para o *ready-made* duchampiano, a *situação vivida* para a Internacional Situacionista, o axioma "arte = vida" para o movimento Fluxus, o plano do quadro na monocromia... São todos princípios a partir dos quais se desdobra, na arte moderna, uma metafísica da raiz. Retornar ao ponto de partida, para recomeçar tudo e fundar uma nova linguagem, liberada de seus dejetos. Alain Badiou compara essa paixão pela "subtração" a um trabalho de *depuração*, sem obliterar as sinistras conotações políticas do termo: no modernismo, escreve ele, sempre se manifesta uma "paixão pelo começo", ou seja, a necessidade de pôr abaixo, fazer tábula rasa, como condição em si de um discurso que inaugura e semeia os grãos do porvir: a raiz. Se "a força se adquire pela depuração da forma"[1], então o *Quadrado sobre fundo branco* de Kazimir Malevitch "é, na ordem da pintura, o cúmulo da depuração"[2]. Essa incessante *volta às origens* efetuada pelas vanguardas implica que, no regime radical da arte, o *novo* se torne um critério estético em si, fundado em uma antecedência, no estabelecimento de uma genealogia dentro da qual irão posteriormente se

---
[1] Alain Badiou, op. cit., p. 83.
[2] Ibid., p. 86.

distribuir uma hierarquia e certos valores. Paradoxalmente, esse gesto de "pai fundador"[3] equivale à apresentação de um possível fim da arte: *a um só tempo* conclusão e início, a obra radical constitui uma epifania do presente, abrindo-se para um território que pode ser percorrido tanto rumo ao passado quanto rumo ao futuro. Assim, quando Alexander Rodchenko expõe, em 1921, um tríptico composto de três painéis monocromáticos em vermelho, azul e amarelo, ele pode afirmar que se trata ali do fim da pintura e que "não haverá mais representação", *ao mesmo tempo* que inaugura uma nova tradição pictórica. E quando Marcel Duchamp expõe, em 1914, seu primeiro legítimo *ready-made*, o porta-garrafas, a radicalidade de seu gesto poderia passar por insuperável, muito embora venha a alimentar toda uma vertente da história da arte do século XX.

Essa visão darwinista do modernismo pictórico se mostra claramente nos escritos de um grande teórico da arte do século XX, Clement Greenberg: ela se organiza em torno de uma visão *radical*, da qual a "autopurificação" constitui o princípio primeiro. A partir dessa busca da "opticalidade pura" é que o crítico nova-iorquino pode desenvolver um relato histórico coerente da evolução artística, provido de uma origem e de uma finalidade: a pintura avança rumo à sua especificação como meio, eliminando de si mesma tudo o que não lhe é consubstancial e necessário. A lei do modernismo, escreve Greenberg, implica que "as condições não essenciais à viabilidade de um meio de expressão (mídia) sejam rejeitadas tão logo sejam identificadas"[4]. Nesse relato a raiz representa, a um só tempo, uma origem mítica e uma destinação ideal.

Embora lhe sejam antagônicas em termos de pressupostos estéticos, as teses da Internacional Situacionista estão ligadas a uma radicalidade semelhante. Desde 1957, sua data de nascimento durante o célebre congresso de Alba,

---

[3] Esta analogia entre radicalidade e paternalismo não foi suficientemente explorada. O radicante poderia, assim, constituir uma ferramenta eficaz para uma análise aprofundada das práticas feministas a partir dos anos 1970.

[4] Clement Greenberg, *Avant-garde et kitsch*, Paris, Éditions Macula, 1988, p. 226.

até sua dissolução, decretada por Guy Debord em 1972, a IS evolui no sentido de uma pureza ideológica que lhe fará "eliminar" de suas fileiras todos os artistas profissionais e depois todos os membros suspeitos de complacência para com a atividade artística. O radicalismo da IS remete ao momento mítico em que se instaura a divisão do trabalho na cidade: a arte, como prática autônoma, deve ser abolida em proveito de sua dissolução em "situações vividas" independentes de todo campo disciplinar e de toda técnica específica. A "raiz" do situacionismo mergulha no período histórico em que a arte não constituía uma "atividade separada" dos demais trabalhos humanos. Esse enraizamento no passado explica, por sinal, o tom nostálgico de várias de suas produções, a começar pelos filmes dirigidos por Guy Debord, nos quais abundam as referências à Idade Média, notadamente a François Villon, ou ao século XVII francês, do cardeal de Retz a Bossuet. Raízes...

O núcleo do discurso pós-moderno não é senão seu trabalho de solapamento da radicalidade e de qualquer ancoragem estética partidária: da voga da arte simulacionista dos anos 1980 (o simulacro é um significante sem significado, um signo flutuante) à atual exaltação dessas "identidades" compostas de signos, reduzidas a um puro valor de troca no mercado dos exotismos, parece ter desaparecido da arte toda e qualquer radicalidade. E se ainda se persiste em empregar esse termo para qualificar algumas obras recentes, é preciso reconhecer que isso ocorre pelo duplo efeito da preguiça e da nostalgia: pois não existe verdadeira *radicalidade* sem um desejo imperativo de recomeço ou sem um gesto de depuração que assuma o valor de um programa. A violência formal, uma certa brutalidade estética ou a simples recusa de comprometimento não podem bastar para aspirar a ela. Faltam a paixão da *subtração* e o efeito de engrenagem: a radicalidade modernista vale para todos, e temos de aderir a ela sob pena de sermos colocados no time dos mornos e dos colaboradores da tradição; a radicalidade nunca está sozinha... O modernismo radical não poderia existir sem um fenômeno de identificação entre o artista e o proletário, considerado a força motora da História – no prolongamento do golpe de força teórico de Karl Marx que convoca para um retorno às origens do trabalho social, ou seja, a um estado pré-capitalista (acrescido do conceito de propriedade coletiva) do sistema de produção. A metamorfose do capitalismo no final do século XIX, e em seguida sua inconteste dominação sob a forma presente da *globalização*, aperfeiçoou um trabalho de *desenraizamento* que representa, de acordo com Deleuze e Guattari, seu projeto em si: a máquina capitalista substitui os códigos locais por fluxos de capitais, deslocaliza o imaginário, transforma os indivíduos em força de trabalho; trabalha, em última instância, na realização de um quadro abstrato.

O pós-modernismo estético se distingue, assim, por instaurar um imaginário da flutuação e da fluidez que remete ao amplo movimento de desterritorialização através do qual se realiza o capitalismo. Desde o final dos anos 1970, com o surgimento das práticas artísticas já não indexadas na ideia de uma transformação social radical, e notadamente com a volta a uma pintura de citações que tirava suas formas tanto das tradições iconográficas quanto dos vários estilos históricos, podem-se perceber os sinais de uma concepção "líquida" da cultura, para empregar o termo de Zygmunt Bauman[5]: os materiais da história da arte se revelam disponíveis, utilizáveis no papel de meros signos, como que desvitalizados por sua separação das significações ideológicas que justificaram seu surgimento em um dado momento da História e que correspondiam a uma situação específica. As obras de Joseph Beuys ou Piet Mondrian se tornam então, com as citações dos artistas pós-modernos, formas vazias cujo sentido cede a vez ao estilo, mediante a afirmação de um ecletismo que se resume a ler apenas os títulos dos livros e só ver nas formas signos vestimentários. "O que está em questão nessa caricatura do sonho humano (a disponibilidade atemporal de todas as culturas, passadas ou estrangeiras)", escreve Yve-Alain Bois, "não é

---
[5] Zygmunt Bauman, *La Vie Liquide*, Paris, Le Rouergue/Chambon, 2006. [Edição brasileira: *Vida líquida*, trad. Carlos Alberto Medeiros, Rio de Janeiro, Zahar, 2007.]

tanto a homogeneização da alta e da baixa cultura temida por Greenberg e Adorno, mas, principalmente, a desvitalização 'antiquária' da História, doravante transformada em simples mercadoria."[6] E a mercadoria que produz a arte é o estilo. O estilo definido como conjunto de signos de identificação visual extensíveis ao infinito: Piet Mondrian transformado em motivo ou Joseph Beuys sem utopia...

Se a estética pós-moderna nasceu da extinção do radicalismo político, não podemos esquecer que ela surge no exato momento – na virada dos anos 1980 – em que a produção cultural e midiática assume um impulso exponencial. É esse o grande gargalo de nossa época, atestado pela proliferação caótica de produtos culturais, imagens, mídias e comentários, reduzindo a zero a própria possibilidade de uma tábula rasa: sobrecarregados de signos, submersos em uma quantidade de obras em constante progressão, não dispomos sequer de uma forma imaginária ou de um conceito para pensar o *recomeço*, isso para não falar em uma alternativa aos contextos econômicos e políticos em que vivemos. O fim do modernismo coincide, assim, com a tácita aceitação do gargalo como modo de vida em meio às coisas. Segundo Jean-François Lyotard, o pós-moderno se distingue pelo fato de que "a arquitetura se vê condenada a gerar uma série de pequenas alterações em um espaço que herdou da modernidade e a abandonar uma reconstrução global do espaço habitado pela humanidade"[7]. Se os futuristas conclamavam à derrubada de Veneza, trata-se agora de explorar suas vielas e pontes. A partir do início dos anos 1980 a forte presença da imagem da *ruína* e dos escombros nos escritos teóricos e nas práticas artísticas remete ao problema do gargalo: o edifício pós-modernista ruiu e os signos flutuam, já sem o lastro da História.

Em um texto publicado em 1980, *The Allegorical Impulse*, Craig Owens percebe essa fragmentação como sendo a base de uma linguagem alegórica, oposta a um modernismo ca-

---

[6] Yve-Alain Bois, *Cahiers du MNAM*, n. 22, dezembro de 1987.

[7] Jean-François Lyotard, *Le Postmoderne expliqué aux enfants*, Paris, Livre de poche, 1993, p. 108.

racterizado por seu simbolismo[8]. Owens a vincula ao "descentramento" da linguagem, identificada por Jacques Derrida como uma figura-chave da pós-modernidade: os signos já não passam de referenciais culturais, não mais indexáveis a algum real. São as ruínas decompostas da História que, segundo Owens, aparecem nas obras pós-modernas na virada dos anos 1980. Benjamin Buchloh não está muito distante disso quando evoca, na mesma época, essas estratégias artísticas "de fragmentação e justaposição dialética de fragmentos, e dissociação entre o significante e o significado"[9]. A entrada em cena, no início deste século XXI, da China, da Índia, dos grandes países da Ásia e do Leste Europeu assinala o começo de um novo período tanto para a economia quanto para o imaginário mundial: Xangai se reconstrói segundo o princípio da tábula rasa, mas sem que nenhuma ideologia fundamente esse salto para a frente, fora a ideologia do lucro... O modernismo ressurge então em sua forma fantasmática de *progresso*, aqui assimilado ao crescimento econômico. E o mundo ocidental observa, fascinado, a maneira como a China erradica sua história sem nem por isso clamar por qualquer tipo de radicalidade, com o mero objetivo de acompanhar melhor as poderosas correntes da economia globalizada.

O que é feito, então, da raiz, obsessão do século XX modernista? Simultaneamente *origem* e princípio a partir do qual cresce um organismo, fator identitário e de formatação, pertencimento e destino, a raiz passa a ser, paradoxalmente, o cerne do imaginário da globalização, justo quando sua realidade viva está minguando em proveito de seu valor simbólico e de seu aspecto artificial. Por um lado, ela é reivindicada como princípio de atribuição e discriminação, como forma de reagir a essa mesma globalização. Em seu nome se desenvolvem o racismo e as ideologias tradicionalistas, a exclusão do outro. Por outro lado, em nome de

---

[8] Craig Owens, *The Allegorical Impulse*. [Edição brasileira: O impulso alegórico: sobre uma teoria do pós-modernismo. In: *Revista Arte e Ensaios* n. 11, Rio de Janeiro, EBA/UFRJ, 2004.]

[9] Benjamin Buchloh, *Allegorical Procedures: Appropriation and Montage in Contemporary Art*, p. 44.

um necessário desenraizamento, multiplicam-se as medidas que visam à uniformização, ao esvaecimento das antigas identidades e das singularidades históricas. Se para o modernismo a "volta às raízes" significava a possibilidade do recomeço radical e o desejo de uma nova humanidade para o indivíduo pós-moderno, ela agora representa tão somente sua rotulação com uma identidade – recusada ou mitificada, mas de qualquer modo cumprindo o papel de um contexto natural. Quais os laços que unem os indivíduos ao seu ambiente social e político? Nos debates sobre a imigração, percebe-se a forma exacerbada dessa interrogação, de que o nacionalismo e o integrismo religioso são as preocupantes caricaturas.

"Eu estava até satisfeito por ser um desenraizado", confessava Marcel Duchamp já no final da vida. "Porque temia, justamente, a influência da raiz em mim. Queria me livrar dela. Quando me vi do lado de lá não havia raiz alguma, uma vez que eu tinha nascido na Europa, então era fácil. Eu estava em um banho agradável, pois podia nadar tranquilamente, ao passo que, quando há raízes demais, a gente não consegue nadar tranquilamente, entende?[10]"

Sem confundir o enraizamento identitário (que faz a distinção entre "nós" e "os outros" pela exaltação da terra ou da filiação) com a radicalidade modernista (que envolve a humanidade inteira em um fantasma de recomeço), é necessário constatar que nenhum dos dois imagina ser possível constituir um sujeito individual ou coletivo sem um ancoramento, sem um ponto fixo, sem amarras. Nadando, como fez a vida inteira o autor das "Esculturas de viagem".

O imigrante, o exilado, o turista e o errante urbano são, no entanto, figuras dominantes da cultura contemporânea. O indivíduo deste início do século XXI lembra, para nos atermos ao léxico botânico, essas plantas que não contam com uma raiz única para crescer, e sim avançam para todo lado nas superfícies que lhes aparecem, prendendo-se, como a hera, por meio de várias gavinhas. A hera é um vegetal

---

[10] Entrevista a Jean Antoine, *Fin* n. 13, 66, in Bernard Marcadé, *Laisser pisser le mérinos. La paresse de Marcel Duchamp*, Paris, L'Échoppe, 2006.

radicante, porque faz nascer suas raízes à medida que avança, ao contrário dos *radicais*, cuja evolução é determinada pelo ancoramento em algum solo. A haste do escalracho é radicante, tal como os rebentos do morangueiro: essas duas plantas criam raízes secundárias ao lado da raiz principal. O radicante se desenvolve conforme o solo que o acolhe, acompanha suas circunvoluções, adapta-se à sua superfície e aos seus componentes geológicos: ele se *traduz* nos termos do espaço em que se move. Por seu significado simultaneamente dinâmico e dialógico, o adjetivo *radicante* qualifica o sujeito contemporâneo dividido entre a necessidade de um vínculo com seu ambiente e as forças do desenraizamento, entre a globalização e a singularidade, entre a identidade e o aprendizado do Outro. Ele define o sujeito como um objeto de negociações.

A arte contemporânea oferece novos modelos a esse indivíduo em eterno reenraizamento, pois ela constitui um laboratório de identidades: assim, os artistas de hoje expressam menos a tradição de que se originam do que a trajetória que perfazem entre essa tradição e os diversos contextos que atravessam, efetuando atos de *tradução*. Onde o modernismo procedia por subtração, de modo a desenterrar a raiz-princípio, o artista contemporâneo procede por seleção, acréscimos e multiplicações: ele não busca um estado ideal do Eu, da arte ou da sociedade, e sim organiza os signos a fim de multiplicar uma identidade por outra. Mike Kelley pode, assim, abordar em uma instalação suas longínquas origens irlandesas ou reconstituir um monumento chinês situado próximo à sua casa em Los Angeles. O *radicante* pode, sem nenhum prejuízo, romper com suas raízes primeiras e reaclimatar-se: não existe origem única, existem enraizamentos sucessivos, simultâneos ou cruzados. O artista radical pretendia voltar a um lugar original; o radicante se põe a caminho, e isso sem dispor de nenhum lugar para onde *voltar*. Em seu universo não há origem nem fim, a não ser que ele próprio resolva defini-los. É possível levar consigo fragmentos de identidade, com a condição de transplantá-los em outros solos e aceitar sua permanente metamorfose – uma espécie de metempsicose voluntária, preferindo, a qualquer encarnação, o jogo dos sucessivos instrumentais e dos abrigos precários. Assim se reduzem os contatos com o solo, pois nós o escolhemos mais do que nos conformamos a ele: perfuramos a terra de um acampamento, permanecemos na superfície de um hábitat, tanto faz. O que conta agora de fato é a aclimatação a contextos diversos e os produtos (ideias, formas) gerados por essas aculturações temporárias.

A partir de uma realidade sociológica e histórica – a da era dos fluxos migratórios, do nomadismo planetário, da mundialização dos fluxos financeiros e comerciais –, esboça-se um novo estilo de vida e de pensamento que permite habitar plenamente a dita realidade, em vez de conformar-se a ela ou resistir-lhe por inércia. O capitalismo global parece ter confiscado os fluxos, a velocidade, o nomadismo? Sejamos ainda mais móveis. Nem pensar em nos deixar acuar, compelidos e forçados, para saudar a estagnação como ideal. O imaginário mundial é dominado pela flexibilidade? Inventemos para ela novos significados, inoculemos a longa duração e a lentidão extrema no próprio cerne da velocidade, em vez de lhe opor posturas rígidas ou nostálgicas. A força desse estilo de pensamento emergente reside nos protocolos de *colocação em marcha*: trata-se de elaborar um pensamento nômade, que se organiza em circuitos e por experimentação, e não em termos de instalação permanente, de perenização, de edificado. À precarização de nossa experiência vamos opor um pensamento resolutamente precário, que se insere e se inocula nas próprias teias que nos sufocam. O medo da mobilidade, o pavor que toma conta da opinião esclarecida à simples menção de palavras como *nomadismo* ou *flexibilidade*, lembra os soldados anarquistas criados por Alfred Jarry: quando lhes ordenavam virar para a esquerda, eles sempre viravam para a direita, sempre obedecendo ao poder, portanto, ao mesmo tempo que se rebelavam abertamente contra ele... Tais noções não são ruins em si, contrariamente ao roteiro que as solicita.

O artista radicante inventa trajetórias em meio aos signos: *semionauta*, põe as formas em movimento, inventando por elas e com elas percursos através dos quais se elabora como sujeito ao mesmo tempo que constitui para si um *corpus* de obras[11]. Ele recorta fragmentos de significação, colhe amostragens; compõe herbários de formas. O que hoje poderia parecer estranho é, pelo contrário, o gesto de uma *volta ao princípio*: pintura e escultura já não se concebem mais como entidades em relação às quais é possível que nos contentemos explorando seus componentes. (A menos que só levemos em conta segmentos de história dessas "origens".) A arte radicante implica, assim, o fim do *"medium specific"*, o abandono dos limites disciplinares. A radicalidade modernista se atribuíra por objetivo a morte da atividade artística como tal, sua superação dentro de um "fim da arte" imaginado como horizonte histórico em que a arte se dissolveria na vida cotidiana: a mítica "superação da arte". A *radicantidade* altermoderna mantém-se alheia a tais figuras de dissolução: seu movimento espontâneo consistiria antes em transplantar a arte em territórios heterogêneos, em confrontá-la com todos os formatos disponíveis. Nada lhe é mais estranho do que um pensamento disciplinar, do que um pensamento da *especificidade do meio* – ideia sedentária entre todas que se resume a cultivar seu próprio canteiro.

A tradução é, por essência, um deslocamento: movimenta o sentido de um texto de uma forma linguística para outra e revela todos os seus tremores. Ao transportar o objeto de que se apodera, vai ao encontro do outro a fim de lhe apresentar o *estrangeiro* sob uma forma familiar: *trago a você o que foi dito em língua diferente da sua...* O radicante apresenta-se como um pensamento da tradução: o enraizamento precário implica a entrada em contato com um solo de acolhida, um território desconhecido. Cada ponto de contato que forma a linha radicante representa, desse modo, um esforço de tradução. A arte, por essa perspectiva, não se de-

---

[11] Semionauta: de *semios*, signo, e *nautas*, navegação. Cf. do mesmo autor, *Formes de vie*, op. cit., e *Postproduction*, Dijon, Presses du Réel, 2002. [Edição brasileira: *Pós-produção*, trad. Denise Bottmann, São Paulo, Martins Martins Fontes, 2009.]

fine como uma essência que trata de perpetuar (sob forma de categoria disciplinar fechada em si mesma), mas como uma matéria gasosa passível de "preencher" as atividades humanas mais diversas, antes de se solidificar novamente na forma que constitui sua visibilidade enquanto tal: a obra. O adjetivo "gasoso" só assusta aqueles que da arte percebem apenas seu regime de visibilidade institucional[12]. Tal como a palavra "imaterial", esse termo só é pejorativo para aqueles que não querem ver.

À historicidade da árvore, à sua verticalidade e ao seu enraizamento é que Gilles Deleuze e Félix Guattari opuseram, em seu ensaio *Mille plateaux*, a imagem do *rizoma*, popularizada nos anos 1990 com o surgimento da internet – para a qual ela fornece uma metáfora ideal, por sua estrutura fluida e não hierárquica, uma rede de significações conectadas umas às outras. "Qualquer ponto de um rizoma pode ser conectado a qualquer outro ponto e deve sê-lo. É muito diferente da árvore ou da raiz, que fixam um ponto, uma ordem."[13] A radicalidade da árvore, a múltipla simultaneidade do rizoma: qual a qualidade específica do *radicante* em relação a esses dois outros modelos de crescimento do ser vivo? Em primeiro lugar, contrariamente ao rizoma, que se define como uma *multiplicidade* ao distanciar, de saída, a questão do sujeito, o radicante assume a forma de uma trajetória, de um percurso, de um caminhar efetuado por um sujeito singular. "Uma multiplicidade", explicam Deleuze e Guattari, "não tem sujeito nem objeto, apenas determinações, grandezas, dimensões..."[14] O radicante, pelo contrário, implica um sujeito. Este, porém, não se resume a uma identidade estável e fechada sobre si mesma. Existe apenas sob a forma dinâmica de sua errância e pelos contornos do circuito de que ele traça a progressão, que são seus dois modos de visibilidade: em outras palavras, o movimento é que permite

---

[12] Yves Michaud, *L'Art à l'état gazeux*, Stock, 2003.

[13] Gilles Deleuze e Félix Guattari, *Mille plateaux*, Paris, Éditions de Minuit, 1980, p. 13. [Edição brasileira: *Mil platôs*, trad. de Aurélio Guerra Neto, Ana Lúcia de Oliveira, Lúcia Cláudia Leão e Suely Rolnik, São Paulo, Editora 34, 1996.]

[14] Ibid., p. 14.

in fine a constituição de uma identidade. Em contrapartida, o conceito de rizoma implica a ideia de uma subjetivação por meio da captura, da conexão, da abertura para o externo: quando o marimbondo fecunda a orquídea, cria-se um novo território subjetivo por conexão, e esse território excede tanto o animal quanto o vegetal.

A figura do sujeito definida pelo *radicante* liga-se àquela defendida pelo pensamento *queer*, a saber, uma composição do Eu mediante empréstimos, citações e proximidade – portanto, puro construtivismo. Assim, o radicante difere do rizoma pela tônica que dá ao itinerário, ao percurso, como relato dialogado, ou intersubjetivo, entre o sujeito e as superfícies que ele atravessa, às quais prende suas raízes de modo a produzir o que poderíamos chamar de *instalação*: instalamo-nos em uma situação, em um lugar, de maneira precária; e a identidade do sujeito não é mais do que o resultado temporário desse acampamento, ao longo do qual se realizam atos de tradução. Tradução de uma trajetória na língua local, tradução de si mesmo em um ambiente, tradução nos dois sentidos. O sujeito radicante apresenta-se, assim, como uma construção, uma montagem: em outras palavras, uma obra, nascida de uma negociação infinita.

Coloca-se então uma questão crucial: podemos realmente nos libertar de nossas raízes, ou seja, chegar a uma posição de onde não dependeríamos mais dos determinismos culturais, dos reflexos visuais e mentais do grupo social em que nascemos, das formas e estilos de vida gravados na nossa memória? Nada é mais incerto. Os determinismos culturais imprimem firmemente suas marcas em nós, sendo vividos às vezes como uma natureza de que não conseguimos nos desprender, às vezes como um conjunto de programas que teríamos a tarefa de realizar a fim de nos inserir em uma comunidade, às vezes como valores-signo que atribuem um valor à nossa singularidade. Mas quando temos vontade de viajar precisamos esquecer o lugar de onde viemos? O pensamento radicante não é uma apologia da amnésia voluntária, e sim uma apologia do relativismo, da desadesão e da *partida*; os verdadeiros adversários não são nem a tradição nem as culturas locais, e sim o encerramento em esquemas culturais *ready-made* – quando os hábitos se tornam formas – e o enraizamento – quando este se transforma em retórica identitária. Não se trata de recusar nosso legado, mas de aprender a dilapidá-lo; trata-se de traçar a linha ao longo da qual levaremos essa bagagem, para disseminar seu conteúdo e investi-lo em situações. Em termos estéticos, o radicante implica uma opção pelo nomadismo, cuja característica primeira seria a habitação de estruturas existentes: aceitar tornar-se locatário das formas presentes, mesmo que para modificá-las com maior ou menor intensidade[15]. Isso pode significar também o traçado de uma errância calculada, através da qual um artista nega qualquer pertencimento a um espaço-tempo fixo e qualquer atribuição a uma família estética identificável ou irrevogável.

Em todos esses casos, o sujeito da globalização move-se em uma época que favorece as diásporas individuais e escolhidas, que incita à imigração voluntária ou induzida. É a própria noção de espaço que está sendo transtornada: em nosso imaginário do hábitat a fixidez sedentária já representa apenas uma opção em meio a tantas outras. Mensageiros dessa metamorfose, os artistas contemporâneos compreenderam que não se pode residir no interior de um circuito e ao mesmo tempo em um espaço estável; que a identidade se constrói tanto em movimento quanto por impregnação; que a geografia é também, e sempre será, uma psicogeografia. Podemos assim habitar em um movimento de vaivém entre diferentes espaços: aeroportos, carros e estações tornam-se as novas metáforas da casa, e a marcha ou o deslocamento por avião, novas formas de representação. O radicante é o habitante por excelência desse imaginário da precariedade espacial, praticante da descolagem dos pertencimentos. Sem confundir-se com elas, corresponde assim às condições de vida direta ou indiretamente causadas pela globalização.

A globalização questiona, antes de mais nada, nossos modos de representação. Ela é, mais precisamente, o lugar

---

[15] Modo de produção de que estabeleci uma tipologia em *Postproduction*, op. cit.

de uma total alteração das relações entre figuração e abstração. Pois o modernismo é vinculado à máquina capitalista justamente no nível da representação do mundo, no nível em que se fabrica a imagem geral que temos dele, e as inúmeras imagens produzidas pelos artistas que irão repercuti--la, confirmá-la ou contestá-la. Agente propagador de um vírus abstrato ("desterritorializante", para usar um termo deleuziano), a globalização substitui as singularidades locais por suas logomarcas, fórmulas e recodificações pelos seus organogramas. Coca-Cola é uma logomarca sem local; toda garrafa de Château d'Yquem, pelo contrário, encerra uma história fundada em um território específico. Essa história, contudo, revela ser móvel: nós a carregamos com a garrafa, amostra portátil do solo. O momento em que os grupos humanos perdem todo contato orgânico com a representação é o *momento abstrato* em que o capitalismo unifica suas propriedades: assim, a globalização traz em si um projeto iconográfico implícito, o de substituir por uma ampla aparelhagem de abstrações de dupla função a figuração do espaço-tempo vivenciado. Por um lado, tais "abstrações" vêm camuflar a padronização forçada do mundo através de imagens genéricas, à maneira dos tapumes de um canteiro de obras. Por outro, legitimam esse processo impondo, contra imaginários autóctones, um registro imaginário abstrato que coloca o repertório histórico da abstração modernista a serviço de um sucedâneo de universalismo disfarçado de "respeito pelas culturas".

Mas desassociar-se assim do território, libertar-se do peso das tradições nacionais, não é justamente o meio de lutar contra essa "obrigação de residência" que mencionei acima? Deve-se distinguir entre a colocação em movimento das identidades dentro de um projeto nômade e a constituição de uma cidadania elástica baseada nas necessidades do capital, imersa em uma cultura extrassolo. De um lado, a criação de relações entre o sujeito e os territórios singulares que ele percorre; de outro, a produção industrial de imagens-tela que permitam desprender os indivíduos e grupos de seu ambiente e impedir qualquer relação vital com um local específico. Quando os mineiros colombianos ou russos empregados por uma multinacional suíça, Glencore, são despedidos em nome de novas deslocalizações mais rentáveis, com que imagem do poder eles são confrontados? Com uma imagem abstrata. Funcionários intercambiáveis, um poder inimaginável, a administração de um império não localizável. Os novos poderes não têm local: eles se estendem no tempo. A Coca-Cola assenta o seu poder na repetição da marca pela publicidade, essa nova arquitetura do poder. Como tomar a Bastilha, se ela é invisível e proteiforme? O papel político da arte contemporânea reside em enfrentar um real que se esquiva, só se mostrando sob a forma de logomarcas e entidades infiguráveis: fluxos, movimentos de capitais, repetição e distribuição de informações, são imagens genéricas que pretendem escapar a qualquer visualização não controlada pela comunicação. O papel da arte é o de se tornar a tela-radar sobre a qual essas formas furtivas, detectadas e encarnadas, podem, afinal, aparecer e ser nomeadas ou figuradas.

A pintura de Sarah Morris, que representa os locais do poder por meio de um vocabulário formal emprestado à arte minimalista, quer se trate do urbanismo chinês ou da sede social de uma multinacional, atesta uma relação renovada entre figuração e abstração, perceptível igualmente na pintura de Julie Mehretu ou na de Franz Ackermann: em face de uma realidade inapreensível através de recursos plásticos "figurativos", o léxico abstrato, diagramático, estatístico ou infográfico permite que surjam as formas furtivas do comando, a estrutura de nossa realidade política. Quando Liam Gillick decompõe o espaço de uma fábrica em uma série de esculturas minimalistas articuladas a um relato, ele está colocando um singular sobre um plural abstrato. Quando Nathan Coley cria um modelo da totalidade das construções religiosas de Edimburgo, ele está revelando a história específica de uma cidade através de uma imagem ofuscante (*The Lamp of Sacrifice*, 2004). Quando Gerard Byrne reconstitui entrevistas publicadas na imprensa recorrendo a atores que fazem o papel das personalidades entrevistadas, ele está revivendo, ao encarná-los, fragmentos da nossa história. Quando Kirsten Pieroth explora a biografia de Thomas Edison, está personificando o que, ao longo do tempo, já se tornou uma entidade abstrata. Fazer passar assim a abstração, transformada em instrumento ideológico, para o campo da singularidade, resolvendo-a em situações específicas, constitui uma operação plástica dotada de um forte potencial político. Se os códigos da representação dominante do mundo estão ligados à abstração, é porque esta se apresenta como a própria linguagem do inelutável; os atos dos grupos e dos indivíduos, apresentados pelo poder sob a forma de uma meteorologia, permitem perpetuar um sistema de dominação. Assim, os "espaços brancos" da cartografia que o satélite viabilizou para o site Google Earth correspondem a interesses estratégicos, militares ou industriais: o papel da arte é preenchê-los, mediante o livre jogo dos relatos e diagramas, utilizando os instrumentos de representação adequados. Só se pode combater a abstração irrealizante com outra abstração, reveladora do que as cartografias oficiais e as representações autorizadas dissimulam.

A modernidade na pintura, na segunda metade do século XIX, foi uma conquista de sua autonomia em relação às determinações ideológicas, passando-se a valorizar a forma como sendo dotada de um valor independente dos aspectos que até então respondiam pelo valor de troca da obra: o *tema* representado e a "parecença". Essa autonomia passa igualmente pela adoção de um imperativo categórico e implícito: a vida e a obra se comunicam entre si, de acordo com vias escolhidas pelo artista. A altermodernidade contemporânea, por sua vez, nasce dentro do caos cultural produzido pela globalização e pela mercantilização do mundo: deve, portanto, conquistar sua autonomia em relação às diferentes formas de atribuição identitária, resistir à padronização do imaginário fabricando circuitos e formatos de troca entre os signos, as formas e os modos de vida.

3

Victor Segalen e o crioulo do século XXI

Por que, afinal, a diversidade cultural seria preferível à partilha de uma cultura única e comum a todos os povos? A globalização não gerou, em função do poderio econômico americano, uma cultura acessível a todos, realizando assim o sonho modernista de uma humanidade unida? Andy Warhol resumiu brilhantemente esse sonho: "O presidente dos Estados-Unidos toma Coca-Cola. A rainha da Inglaterra toma Coca-Cola. E eu também tomo Coca-Cola"[1]. Com a *pop art*, nos anos 1960, surge a imagem do indivíduo *serial*, sintonizado com a produção social. Os elementos materiais que compõem seu ambiente são doravante produzidos em massa e estão disponíveis em toda a superfície do planeta. Inseparável desse processo de industrialização, a pintura abstrata do século XX constitui-se no papel de língua comum, um esperanto passível de ser lido da mesma maneira em Nova York, Nova Délhi ou Bogotá, refletindo o avanço do "progresso" e um novo ambiente produtivo.

László Moholy-Nagy foi, nos anos 1930, o primeiro a realizar obras por telefone. Trinta anos mais tarde, a arte conceitual generalizou esse modo de produção. Lawrence Weiner, por exemplo, emite proposições linguísticas que podem ser materializadas (ou não) por seu comprador, expostas como fórmulas, partituras ou receitas. Esses dois artistas, com cerca de trinta anos de intervalo, trabalham

---
[1] Andy Warhol, *Ma philosophie de A à B et vice versa*, Paris, Flammarion, 2001. [Edição brasileira: *A filosofia de Andy Warhol: de A a B e de volta a A*, trad. José Rubens Siqueira, Rio de Janeiro, Cobogó, 2008.

segundo os princípios de fabricação dos tênis Nike ou da Coca-Cola: as coordenadas do trabalho são racionalizadas e codificadas de forma tão precisa que podem ser concretamente fabricadas por qualquer um, em qualquer parte do globo. Mas, para além da forte dimensão crítica do trabalho de Weiner, trabalhos desse tipo assumiam um sentido totalmente diverso numa época em que a arte tinha tudo a ganhar ao fazer o jogo do maquinismo contra a ideologia da habilidade pictórica, pilar do conservadorismo cultural. Os tempos mudaram, como mudaram a identidade do adversário e as figuras por meio das quais ele exerce sua dominação. Com efeito, o modernismo do século XX utilizou de bom grado, contra a tradição acadêmica, as armas fornecidas pelo mundo industrial. A modernidade artística do século anterior assumira a tarefa de combater em duas frentes simultaneamente. De um lado, Seurat adaptava à composição do quadro os procedimentos da indústria: seu pontilhismo científico introduzia a possibilidade de uma arte reprodutível a distância, na qual a mão seria reduzida ao *status* de uma máquina executando um trabalho programado. Inversamente, Manet ou Pissarro afirmavam a presença da mão, valorizando no quadro o toque pictórico, em um ato de resistência ao processo de industrialização.

Mais do que nunca essa luta, que foi a dos modernos, parece atual, pois nunca na História a pressão do tradicionalismo e da padronização foi tão pesada quanto hoje. Ora, os materiais conceituais que nos permitiriam aliviar essa pressão devem ser buscados na própria modernidade, que problematizou a colonização em seu apogeu, a industrialização incipiente e o arrancar da tradição do solo em nome do progresso. Um livro inacabado, composto de diferentes versões e anotações preparatórias que se estendem por um período de quinze anos, entre 1904 e 1918, explora essas questões: *Essai sur l'exotisme* [Ensaio sobre o exotismo], de Victor Segalen.

Com essa obra, o jovem poeta influenciado pelo simbolismo tinha a ambição de teorizar uma experiência ainda pouco comum em sua época. Segalen embarca para a Polinésia na qualidade de médico da Marinha e chega em 1903 nas ilhas Marquesas, tarde demais para conhecer Paul Gauguin, que acabava de morrer, mas em cujo cavalete se depara com uma *Paisagem da Bretanha sob a neve*, que segundo a lenda tinha a tinta ainda fresca... Segalen escreveria um texto admirável, *Gauguin dans son dernier décor* [Gauguin em seu último cenário], sobre sua visita ao ateliê de Hiva Oa. Nutrido pela experiência do pintor, cuja obra constitui por si só uma homenagem aos supostos "selvagens" que povoavam aquelas ilhas, e cuja modesta publicação, *Le Sourire*, denunciava a administração colonial, Segalen torna-se o defensor dos autóctones. Descobrindo a civilização maori num momento em que seu processo de desaparecimento já vai bem adiantado, lança-se no projeto de se tornar seu dicionário vivo: publica assim, em 1907, um estranho livro de contos, *Les Immémoriaux* [Os imemoriais], em que se encerra o essencial da cultura de um povo extenuado pela colonização. A partir de então Segalen não deixaria mais de viajar. De volta a Paris, estuda a língua chinesa e resolve participar de uma missão arqueológica no "império do meio", aonde a partir de então iria frequentemente para demoradas estadias. Sua capacidade de empatia é tamanha que, aos olhos de alguns leitores chineses, *Stèles* [Estelas], de 1912, pode hoje passar por um livro pertencente ao seu *corpus* literário: redigido em francês, mas numa sintonia *chinesa*. É como se, infinitamente plástico, Segalen tivesse logrado o poder de conectar seu sistema nervoso às esferas culturais mais distantes da sua, de modo a extrair-lhes os materiais menos midiatizados possíveis através do filtro de seu padrão de pensamento europeu.

    Essa relação com o outro, essa "experiência do diverso", Victor Segalen tentaria teorizar ao longo dos anos em um trabalho no qual ele enxergava a sua grande obra, mas cujos fragmentos só seriam publicados após sua morte sob o título *Essai sur l'exotisme*[2]. Trata-se de uma antífrase: nada lhe é mais estrangeiro do que o então comumente chamado

---

[2] Victor Segalen, *Essai sur l'exotisme*, Paris, Livre de poche, 1999.

"exotismo", com seu cortejo de clichês que ele enumera repugnado: "A palmeira e o camelo; chapéu colonial; peles negras e sóis amarelos"[3]. Segalen, pelo contrário, parte da constatação dos estragos causados pela colonização ocidental, posição tanto mais corajosa por ainda ser raríssima na aurora do século XX, apogeu das pretensas "missões civilizadoras" empreendidas pelas potências europeias. Segalen propõe-se a escrever uma legítima "estética da diversidade", uma apologia da heterogeneidade e da pluralidade dos mundos, ameaçados pela máquina de civilizar ocidental. Uma das facetas mais surpreendentes desse projeto literário ainda é o diagnóstico precoce que ele faz da chaga colonial e dos estragos irremediáveis que a ocidentalização do mundo iria acarretar: ele viaja, está no próprio terreno. Sabe que se move entre imagens, discursos e gestos que logo terão desaparecido, mas não se exime, embora sendo turista, das terríveis avaliações que faz ao descrever aqueles ecossistemas devastados pelos evangelhos e pelo canhão. Não há como não admirar, um século depois, a atualidade de um pensamento para o qual a fonte de toda beleza, e a energia que a anima, não é senão a *diferença*, sem nunca cair, contudo, na idealização do outro. Segalen define a "sensação de exotismo" como: "a noção do diferente; a percepção do diverso; a consciência de que alguma coisa não é eu mesmo". O exotismo é "o sentimento que temos do diverso" ou mesmo a própria "manifestação do diverso". Ele coloca acima de qualquer outra a faculdade de conseguir aceitar o impenetrável, o incompreensível, o ilegível, na forma de uma "percepção aguda e imediata".

Visto por Delacroix, o Magrebe apresenta-se como uma jazida de figuras exóticas passíveis de ser exploradas: em suas telas, a matéria-prima de haréns, *souks*, hetairas ou califas une-se às cenas históricas ou literárias que constituíam até então seu repertório iconográfico. *Alter ego* de Segalen, Paul Gauguin não explora o contexto cultural no qual se instala, ele o traduz. Uma de suas obras-primas,

---
[3] Ibid., p. 36.

o monumental *De onde viemos? Quem somos? Para onde vamos?* (1897-1898), não importa motivos autóctones para a pintura ocidental, e sim se esforça por tratar pictoricamente seu encontro com o território polinésio. Para começar, rompe com a linearidade temporal dominante no sistema pictórico ocidental: segundo uma convenção extremamente vívida até o século XX, um quadro se lê como se lê um texto, o passado figurando à esquerda, e o futuro, à direita. Se a obra de Gauguin se vincula, à primeira vista, à tradição das "idades da vida", uma observação mais atenta mostra que o pintor dinamita as regras da composição clássica, situando o recém-nascido à direita do quadro, uma mulher idosa embaixo, à esquerda, e, no centro, no primeiro plano, a enigmática figura de um adorador. *De onde viemos...* desvenda um universo sem origem ou fim determinados: trata-se de um manifesto anticristão, antiescatológico, que opõe aos discursos racionais uma harmonia natural, o mistério permanente à alegoria e o imemorial permanente à linearidade do progresso.

Não se trata de nos fundirmos na paisagem que percorremos ou de nos fusionarmos com o *outro*, o que seria uma nova fonte de falsidade e hipocrisia: o "sentimento do diverso", escreve Segalen, implica a necessidade de "abraçar um dos partidos". Nada de hibridação: se o livro nos incita ao entendimento das culturas estrangeiras, é para melhor avaliar o que fundamenta nossa própria diferença. Não se pode virar chinês, mas pode-se chegar a articular o pensamento chinês; não se pode almejar uma empatia que não seja somente consciência tranquila de turista, mas pode-se traduzir. A *tradução* apresenta-se, assim, como a pedra angular do diverso, como o ato ético central desse "viajante nato" capaz de perceber o diverso em toda a sua intensidade. O próprio Segalen lhe dá um nome, o *exota*: aquele que consegue voltar para si depois de atravessar o diverso. Essa extrema precaução teórica é capital: distingue o pensamento de Segalen do pensamento dos aventureiros de seu tempo, envolvidos em um processo semântico de identificação com os povos que frequentavam (como o escritor

T. E. Lawrence), mas também do olhar frio do missionário sobre as tribos em que o destino o colocava ou ainda dos métodos do etnólogo que coleta indícios entre indígenas equiparados a organismos a ser observados. Segalen insiste em se definir como corpo estranho nas sociedades com as quais se encontra: "Ao sentir intensamente a China, nunca experimentei o desejo de ser chinês. Ao sentir intensamente a aurora védica, nunca lamentei de fato não ter sido pastor de rebanhos 3 mil anos atrás. Partir de um bom real, o real que é, aquele que somos"[4]. Quando um europeu passa uma temporada na Polinésia ou na China, há duas realidades que se deparam, contudo, sem se anularem, porque ambas participam de um mesmo espaço-tempo: o exota e o exótico coproduzem o diverso pelo fato de elaborarem, por meio da negociação, um objeto relacional no qual nenhuma das partes se retrai. A atualidade da teoria, neste início do século XXI, incita-nos a meditar sobre a seguinte lição: o modo como os pensadores pós-coloniais consideram o Outro, sob a forma não raro simplista de proletário globalizado, representa algo mais que o avesso compassivo da colonização?

Um dos maiores teóricos da imagem do final do século XX, Serge Daney, fundamentou toda a sua obra crítica na ideia de que *se colocar no lugar do outro* é uma falta moral acrescida de um crime estético. Para designar esse novo regime da imagem, em que, segundo ele, os imperativos da comunicação (produzir uma imagem esteticamente eficaz) ganharam do cinema (construir um plano dentro da duração), Daney usa o termo "visual" definido como "soma das imagens de substituição" utilizadas a fim de evitar mostrar o real gravado. Daney enriqueceu seu argumento durante a primeira Guerra do Golfo, em 1991, quando as televisões do mundo inteiro transmitiram repetidamente uma quantidade de imagens de substituição em detrimento das imagens dos combates efetivos[5]. Nenhuma imagem dos mortos americanos, dos civis iraquianos bombardeados ou das cidades devastadas... O telespectador tinha de se contentar

---

[4] Ibid., p. 65.
[5] Serge Daney, *Devant la recrudescence du vol de sacs à main*, Lyon, Aléas, 1991, p. 187.

com imagens da tecnologia militar e com o discurso dos porta-vozes oficiais: o visual contra a imagem; a comunicação, que impõe, contra o documentário, que traduz. No cinema, esse imperativo ético defendido por Daney assume a forma do "campo/contracampo": a potencial presença, sempre, de um *ponto de vista oposto*. Tal poderia ser, aliás, a definição dessa estética do diverso esboçada por Segalen: a copresença dos pontos de vista no âmbito de um espaço multifocal, em que todo enquadramento é corrigido por aquele que o antecede ou que se lhe segue. Serge Daney lembrava que, ao viajar, nunca tirava fotografias, as quais representavam para ele "atos de predação", mas comprava cartões-postais, ou seja, olhares que os próprios habitantes lançavam sobre seu território. Essa predileção pelo cartão-postal levanta a questão da origem da imagem como constitutiva de sua significação: o diverso é uma estética da origem, mas no sentido em que só a realça para melhor relativizá-la, apresentando-a como um simples ponto em uma linha dinâmica e intermitente. Não congelar a imagem, mas inseri-la, sempre, em uma cadeia: assim se poderia resumir uma estética radicante.

Esse "ponto de vista oposto" é o ponto de vista do outro. Mas os próprios termos em que se expressa essa boa intenção – outro, alteridade – não seriam um ponto cego na retina ocidental, complementos naturais do pensamento identitário pós-moderno? No campo cultural não existe alteridade: a existência da alteridade pressupõe a existência de um "eu", de um locutor que seria a sua medida. A cartografia pós-moderna, embora reescrita em função da crítica do universalismo modernista, sempre pressupõe um norte a partir do qual se constrói o sujeito pós-colonial: colocando assim como *a priori* um diálogo entre o Ocidente colonial e sua periferia, ela perpetua os termos do discurso identitário, carregando-os de positividade. O teorema segaleniano parte de um princípio totalmente oposto: não existem outros, existem *alhures*, nenhum deles sendo original e muito menos colocado como princípio de comparação. A exigência fundamental da ética do diverso consiste em viajar para voltar a si mesmo, em partir "de um bom real, aquele que é, aquele que somos", ou seja, do contexto em que o acaso nos fez nascer, cujo valor não é absoluto, e sim circunstancial. Esse tópico segaleniano antecipa a ideia fundamental de Bruno Latour, a da necessidade de uma "antropologia simétrica"[6] em que a sociedade ocidental não se beneficiasse de nenhum privilégio implícito, como ainda é o caso no "relativismo incompleto" que impregna o pensamento pós-moderno. A noção de alteridade é suspeita, pois postula um cabedal comum, obviamente ocidental: esse cabedal comum, explica Latour, é justamente a universalidade modernista, predador cultural disfarçado de cordeiro pós-moderno: "Por conseguinte, até um período bem recente incluía-se o planeta como um todo – o que evidentemente abrangia os chineses – em 'culturas' que tinham por pano de fundo uma 'natureza' imutável". Ora, tal "natureza" foi definida pelos ocidentais como uma dimensão objetiva do mundo, sendo os sujeitos exteriores a ela. Esse sistema, prossegue ele, permite classificar no museu antropológico todas as culturas, com exceção da nossa, já que esta faz o papel da natureza, do valor padrão a partir do qual se distribuem as alteridades. A tese de Bruno Latour é que essa "grande partilha" implícita entre o Ocidente e os "Outros" passa pela ciência, nascida de um desejo de modelização matemática do mundo que implica uma separação radical entre natureza e cultura, ciência e sociedade.

Para Victor Segalen, a colonização deu início a um movimento de padronização dos espaços-tempos. Trata-se, portanto, de lutar pela abertura das estradas e pela valorização dos contatos. A atualidade planetária vem lhe dar razão: em toda parte, temos indivíduos sujeitos à obrigação de residência, deslocamentos estritamente vigiados, vias migratórias controladas por aparatos policiais, ao passo que as mercadorias circulam livremente em um hiperespaço nivelado pela economia mundializada. O dinheiro, esse "equivalen-

---

[6] Bruno Latour, *Nous n'avons jamais été modernes. Essai d'anthropologie symétrique*, Paris, La Découverte, 1991. [Edição brasileira: *Jamais fomos modernos: ensaio de antropologia simétrica*, trad. Carlos Irineu da Costa, São Paulo, Editora 34, 1994.]

te geral abstrato", segundo a definição de Karl Marx, formou uma bolha que contrasta cada vez mais intensamente com um mundo político às voltas com incessantes problemas de tradução. A conversão monetária, transformação de todo signo em valor mercantil, representa o inverso absoluto desse esforço de tradução. A tradução baseia-se na perda – sempre se deixa ficar alguma coisa do material traduzido –, mas também no reconhecimento da singularidade – só se escolhe traduzir aquilo que aparece como único, *outstanding*, deixando para os softwares a tarefa de converter em palavras os manuais de instrução dos eletrodomésticos. A tradução é uma passagem: um ato deliberado, voluntário, que começa com a designação de um objeto singular e prossegue no desejo de partilhá-lo com outros.

"Não nego que existe um exotismo dos países e raças", escreve Segalen, "um exotismo sujeito à geografia, à posição em latitude e longitude. É justamente esse exotismo, o mais aparente, que impôs seu nome à coisa e deu ao Homem, demasiado propenso no início de sua aventura terrestre a se considerar idêntico a si próprio, a concepção de outros mundos para além do seu."[7] O exotismo seria, portanto, um paradigma: existe um exotismo da História (cujo alhures seria "antigamente"), da natureza (cujo extremo seria o inumano), do tempo (cuja ponta seria a ficção científica) e, principalmente, dos indivíduos... Assim, Segalen faz sua a expressão de Rabelais, outrora fascinado por "esse outro mundo que é o Homem". Todavia, seu argumento em favor da diversidade não reside em um vago humanismo e muito menos em uma ideologia da preservação que o aproximaria do atual "humanismo animal": pelo contrário, sua alegação é materialista e, antes de mais nada, *energética*. De acordo com a moda intelectual da época, ele vê aí uma questão de termodinâmica: "A tensão exótica do mundo está decrescendo", assusta-se ele. E mais adiante: "O diverso está decrescendo. É esse o grande perigo terrestre. Contra esse declínio, portanto, é que é preciso lutar,

---

[7] Victor Segalen, op. cit., p. 84.

brigar – talvez morrer com beleza". E mais adiante ainda: "O Exotismo, fonte de energia – mental, estética ou física [...] está decrescendo"[8]. Essa forma planetária do declínio não passa, para Segalen, de uma entropia: a profusão é fonte de energia, estimula as ideias e as formas, contribui para a produção de choques, contatos, tal como sílex afiados um no outro produzem fogo. A profusão de pontos de vista e de modos de fazer representa, para ele, a própria vida do espírito humano, que uma plataforma comum a todas as comunidades humanas levaria para o esfriamento e a uniformidade: um lento movimento rumo ao "reino do morno". Seria esse o nosso?

O diverso, insiste o autor de *Stèles*, é portanto "a fonte de toda energia"[9]. Ele sabe, porém, que embora as singularidades gerem a energia exótica, estão em vias de se exaurir em face das violentas investidas da ocidentalização. Ora, é de sua possível coexistência, de seu embate, de sua combinação, que nascem a arte, a literatura e o conjunto das formas de cultura. Ocidentalizando-se chineses ou polinésios, são versões da vida humana que estaremos condenando, são universos que estaremos atrofiando ou mutilando. O que, repetimos, não impede de maneira alguma que chineses, polinésios ou britânicos se extirpem de seu próprio ecossistema para atravessar outras culturas e plantar seus germes em outros solos. Segalen dá uma definição precisa e sugestiva dessa entropia cultural: "Ela é a soma de todas as forças internas, não diferenciadas, de todas as forças estáticas, de todas as baixas forças da energia. [...] Imagino a entropia como sendo um monstro mais pavoroso do que o nada. O nada é feito de frio e gelo. A entropia é morna. [...] A entropia é pastosa. Uma pasta morna"[10]. Inversamente, o diverso representa as forças contrárias, as forças da neguentropia: ele produz energia, pelo contato entre materiais heterogêneos. O pensamento de Segalen é uma ecologia mental: esboça a ideia de um desenvolvimento cultural duradouro

---

[8] Para esta citação e para as duas anteriores, ibid., p. 78-81.
[9] Ibid., p. 80.
[10] Ibid., p. 65.

e antecipa na cultura a imagem do "aquecimento planetário" como um processo global de amornamento.

A teoria segaleniana não se contenta em apreender "a pureza e a intensidade do diverso", mas oferece pistas que permitem resistir ao seu esmagamento e até um método para gerá-lo. Em um excerto escrito em 12 de abril de 1912, intitulado "*L'expertise et la collection*" [A expertise e a coleção], Segalen faz um elogio do arquivo e da coleção, instrumentos de produção por excelência de um exotismo generalizado: "a aglomeração de objetos" contribui para o surgimento do sentido da diferença, produzindo essa diferença enquanto valor. "Toda série, toda gradação, toda comparação, gera variedade e diversidade." E mais adiante: "Quanto mais fina e indiscernível é a diferença, mais ela desperta e aguça o sentido do diverso"[11]. Num primeiro impulso, seria de se pensar que uma coleção classifica, reifica, congela, seca... Segalen percebe o inverso: a reunião do quase-similar dentro de uma série equivale a afirmar a raridade, a singularidade, como signos distintivos da arte. Poderíamos aproximar esses excertos dos textos que Walter Benjamin dedicaria anos mais tarde à sua biblioteca e às suas coleções...[12]

Esse interesse pelo arquivo adquire sentido hoje em dia em face das inúmeras obras de arte que, desde os anos 1960, se constituíram sob o princípio da coleção, das vitrines de museus que Christian Boltanski encheu de suveneres derrisórios às prateleiras em que Haim Steinbach enfileira objetos de séries ou antiguidades. O que se depreende dessas iniciativas heterogêneas, para além do novo impulso que oferecem à noção de autobiografia, para além da compulsão arquivista, é um elogio implícito da raridade: em um mundo em vias de padronização, a raridade torna-se um acontecimento na medida em que se destaca da seriação generalizada.

---

[11] Ibid., p. 68.

[12] Walter Benjamin, *Je déballe ma bibliothèque*, Paris, Rivages Poche, 2000. [Edição brasileira: "Desempacotando minha biblioteca", in *Rua de mão única*, Walter Benjamin, *Obras escolhidas II*, trad. R. R. Torres F. e J. C. M. Barbosa, São Paulo, Brasiliense, 1987.]

Assim, nas obras de Kelley Walker a reprodução mecânica ou digital vira uma máquina de produzir um *quase-similar* modulável ao infinito. O mesmo se dá quando Carsten Höller divide uma de suas exposições em duas partes perfeitamente simétricas em que cada elemento se vê duplicado, desde o cartão do convite até a fixação das obras. Um vigoroso elogio da desorientação mental, a obra de Höller procura recriar a relação do ser humano com seu meio imediato a partir da noção de dúvida, solapando sistematicamente qualquer relação "natural" com ele[13].

Ao recorrer ao critério da novidade para julgar as obras de arte, o modernismo apoiava-se na linearidade de seu relato histórico, plenamente coerente com sua ideologia radical da volta ao princípio e também de acordo com o projeto *progressista* ocidental. Os precursores, a precedência... Como definir a singularidade em um mundo que se tornou multifocal, em que supostamente só a técnica irá doravante "progredir"? Não basta a originalidade, embora esta seja um pré-requisito. Victor Segalen fundamenta-se na ciência de seu tempo, notadamente nas pesquisas de Albert Einstein, para descrever um mundo "descontínuo" em que sem cessar se criam "novas divisórias, lacunas imprevistas, uma rede de filigranas muito tênues estriando campos que de início se julgavam ser de um bloco só"[14]. O que conta, explica ele, é chegar a produzir algum relevo no que é uniforme, trabalhar no sentido de identificar ou construir singularidades. Essas singularidades não são necessariamente espetaculares. Apenas convém mudar de instrumento óptico e observar mais atentamente os detalhes de uma formação social para vislumbrá-las: assim, vários artistas que extraem uma forma anódina da realidade cotidiana ou de uma história trivial do passado não fazem mais do que aplicar esse axioma segaleniano. Uma "rede de filigranas muito tênues", "estrias", uma descontinuidade buscada e valorizada, tal é o mundo que o exota Segalen descreve como sendo o mundo do *diverso*. Grão de areia na máquina de fabricar

---

[13] Carsten Höller, *One Day One Day*, Fargfabriken, Estocolmo, 2003; MAC Marselha, 2004.
[14] Victor Segalen, op. cit., p. 40.

global, a singularidade hoje não depende de materiais preciosos ou da mão única de um artista, e sim da instauração de um evento estético, por meio do encontro entre um indivíduo e as formas: a produção de uma nova *dobra*, para retomar um termo deleuziano, que vem criar um incidente na paisagem normatizada da cultura. A singularidade é factual, porque abre caminho para réplicas e variantes; mas retoma igualmente o fio da modernidade, porque sempre constitui uma ruptura, uma descontinuidade na paisagem plana do presente.

Plana, cada vez mais plana, pois a globalização acarreta a *neutralização* dos espaços em que tais encontros podem ocorrer. Cabe dizer que a cultura contemporânea se fabrica em lugares que fariam Segalen gritar: o aeroporto de São Paulo, os *shopping centers* de Mumbai, Dubai, o bairro chinês de Nova York... Espaços aparentemente similares em toda parte do mundo ("não lugares", diria o sociólogo Marc Augé), dentro dos quais se desdobra, no entanto, todo um jogo de diferenças, em que coabitam e se esbarram culturas importadas. Tal deslocamento explica a importância assumida, nos últimos anos, pelo tema da crioulização como fenômeno histórico, fórmula de mistura e modo de pensamento. O Caribe representa, assim, uma miniatura original do mundo contemporâneo: as culturas dos escravos africanos deportados e as dos emigrados europeus e asiáticos ali se aclimataram em um solo neutro, formando uma mixagem cultural artificial, puramente circunstancial – produtora, porém, de singularidades. "A Crioulidade é o agregado interacional ou transacional dos elementos culturais caribenhos, europeus, africanos, asiáticos e levantinos que o jugo da História reuniu em um mesmo solo [...]. Nossa crioulidade é oriunda, portanto, desse formidável *'migan'** que, com demasiada rapidez, trataram de reduzir exclusivamente ao seu aspecto linguístico ou a um só termo de sua composição."[15]

---

* *Migan*: prato tipicamente crioulo, feito com frutas (banana e fruta-pão, principalmente) amassadas, temperos e carne de porco. (N. T.)

[15] Jean Bernabé, Patrick Chamoiseau, Raphaël Confiant, *Éloge de la créolité*, Paris, Gallimard, 1989, p. 26.

O *migan* é um prato crioulo que, a despeito da heterogeneidade dos ingredientes que o compõem, possui uma legítima especificidade, representando assim o emblema do tornar-se-menor das linguagens globalizadas: contra a padronização obrigatória, a crioulização ramifica ao infinito os discursos culturais e os mistura em um cadinho minoritário, restituindo-os, irreconhecíveis às vezes, na forma de artefatos já apartados de sua origem. A crioulização produz objetos que expressam uma trajetória, e não um território, que dizem respeito tanto ao familiar quanto ao estrangeiro. Assim, no trabalho de Mike Kelley, as práticas pararreligiosas chinesas, a *folk art* e a cultura popular já não representam alteridades em relação a uma cultura dominante, e sim meros *alhures*, do mesmo modo que a cultura clássica ocidental: são ilhas de um arquipélago urbano que se comunicam entre si sem nunca chegar a formar um território único. Vista por esse prisma, a obra de Mike Kelley desenvolve-se dentro do "não lugar" da crioulização global – dentro de um espaço radicante.

Dominique Gonzalez-Foerster representa esse lugar neutralizado como um processo de "tropicalização": *Park – a Plan for Escape* [Parque – Um plano de fuga], exibido por ocasião da Documenta de Kassel em 2002 no meio do imenso parque arborizado da cidade, era um espaço composto de elementos díspares oriundos de diferentes países em que a artista passara temporadas (uma cabine telefônica carioca, rosas colhidas na Índia, um banco visto no México...), enquanto excertos de filmes eram projetados sobre um pavilhão de inspiração modernista. Baseado na extração de "momentos" vividos, o trabalho de Gonzalez-Foerster corresponde a essa exigência de tradução formal descrita por Victor Segalen como "a apresentação direta da matéria exótica mediante uma transferência operada pela forma"[16]. *Park – A Plan for Escape* constitui-se, assim, como um espaço mental radicante, surgido de uma diáspora de signos implantados em um solo circunstancial. Tal afirma-

---

[16] Victor Segalen, op. cit.

ção da primazia do *vazio* em seu trabalho (a ideia, constantemente reafirmada em instalações como *Brasilia Hall* ou *Moment Ginza*, de que a obra cria o vazio à sua volta enquanto se constrói sobre o próprio vazio) é que permite a Gonzalez-Foerster compor formas através de encontros: no âmago desse vazio, os fatos culturais despejam-se, paralelos entre si, para se encontrarem no "espaço potencial" da obra. Escreveu Epicuro que o universo não passava de uma chuva de átomos antes que o clinâmen (a declinação) ensejasse uma primeira série de esbarrões que está na origem dos mundos. Antes de ocorrer um encontro, os átomos caem como gotas de chuva, sem se tocarem; sua existência, no papel de elementos envolvidos no jogo do encontro, revela ser então puramente abstrata. A obra de Gonzalez-Foerster remete a essa visão de mundo: refere-se a um materialismo dos signos[17] que forma o substrato desse "tropicalismo" sob cuja égide se situa a sua obra. Os Trópicos artísticos: um espaço em que as formas e os signos, em total imbricação, crescem e se desenvolvem a uma velocidade estupenda, em meio ao vazio...

Por que o Japão?, pergunta Roland Barthes na apresentação de seu *Império dos signos*. "O signo japonês é vazio: seu significado foge, não há deus, verdade ou moral no fundo desses significantes que reinam sem oposição. E, principalmente, a qualidade superior desse signo, a nobreza de sua afirmação e a graça erótica com que se desenha estão em tudo, nos objetos e nas atitudes mais fúteis, essas que comumente remetemos à insignificância ou à vulgaridade."[18] Em outras palavras, os signos que arquitetam a cultura japonesa se destacam sobre um fundo vazio, em uma mera organização de significantes sobre o nada: suas formas são móveis e nítidas, porque livres de todo patos, de todo sentido original. Por esse ângulo é que

---

[17] Para uma análise mais completa desse "materialismo aleatório", cf. a 3ª parte, 1º capítulo: "Sob a chuva cultural".

[18] Roland Barthes, *L'Empire des signes*, Paris, Champs Flammarion, 1980, apresentação, quarta capa. [Edição brasileira: *O império dos signos*, trad. Leyla Perrone-Moisés, São Paulo, WMF Martins Fontes, 2007.]

podemos assistir a *Riyo* (2004), um vídeo de Dominique Gonzalez-Foerster composto por um longo *travelling* sobre o rio que atravessa o centro de Quioto, enquanto a trilha sonora reproduz uma conversa banal, cheia de sedução, de dois adolescentes japoneses que se cruzam durante uma festa. Nesse filme, o descompasso entre a imagem e o som, percebido como um abismo, oferece-nos uma imagem concreta desse vazio que é condição de todo encontro.

A crioulização poderia ser definida como uma alegre prática do enxerto, um produtivismo do encontro cultural que sobrevém na efração realizada pela colonização, no âmbito do refluxo colonial, nesses "espaços potenciais" que Gonzalez-Foerster identifica e enquadra nas grandes cidades, nos interstícios abertos pela errância migratória. Para além do Caribe, a crioulização desempenha hoje o papel de um modelo de pensamento cujas figuras poderiam constituir a base de uma modernidade globalizada, máquina de guerra contra a padronização cultural. Lembremos que a arte moderna do século XX foi uma extraordinária escola de *traição* intelectual. Apátridas, desertores, exilados, renegados... A vanguarda artística foi, no seu tempo, qualificada de "cosmopolita", e são incontáveis as críticas com sabor antissemita e xenófobo que a acompanharam: a modernidade era a arte dos "sem-pátria". Em matéria de cultura, atrevamo-nos a dizer que ainda é uma honra se tornar traidor de seu país e das tradições em que ele enquadra o pensamento: na esteira de Victor Segalen, preferimos fazer oscilar as figuras e signos, colocá-los em movimento, *incidentá-los*. Com que direito, aliás, um território poderia nos reter? Por que nos seria negado o direito de nele estar só de passagem, a pretexto de que nossa certidão de nascimento foi lavrada lá? Trair as próprias origens negociando-as no mercado dos signos, hibridá-las com as dos vizinhos mais ou menos distantes, renunciar ao valor atribuído dos materiais culturais em favor de seu valor de uso local, *conversível*: tal é o programa da crioulização que se anuncia.

    Ecoam, então, as repercussões de Walter Benjamin: "Agora, porém, sua imagem no espelho aparta-se dele, tornou-se transportável". O indivíduo globalizado já não pode contar com um ambiente estável: está fadado ao exílio fora de si mesmo e intimado a inventar a cultura nômade exigida pelo mundo contemporâneo. Cristalizar essa cultura em torno de conceitos legíveis é ainda mais importante pelo fato de o mundo pós-moderno, analítico, relativista e identitário constituir um aliado objetivo ou até um húmus ideal para que se desenvolva o sentimento religioso, como é possível constatar mais ou menos em toda a superfície do globo. Pois a força da religião reside em ela dar um sentido a tudo: a partir das raízes e das origens, ela determina direções e objetivos. Nada escapa ao império semiótico do religioso, que tudo explica, que justifica a resistência à mudança e fornece guias de marcha. Constatamos isso pelo passado: nada foi tão eficiente no passado para extirpar esses determinismos quanto a elaboração da modernidade, cujo poder de erradicar as tradições permite efetuar um contrapeso tanto aos fundamentalismos religiosos quanto às palavras de ordem econômicas e fornecer uma direção alternativa, uma outra ficha de leitura do mundo, não fundamentada na rentabilidade econômica nem tampouco no investimento religioso. Como definir estruturalmente a modernidade? Como um colocar em movimento coletivo. Longe de macaquear os signos do modernismo de ontem, trata-se hoje de negociar e deliberar; em vez de imitar os gestos da radicalidade, criar os gestos que correspondem à nossa época.

 A altermodernidade que hoje vem emergindo se alimenta da fluidez dos corpos e signos, da nossa errância cultural. Apresenta-se como uma *excursão* fora dos padrões impostos ao pensamento e à arte, uma excursão mental fora das normas identitárias. O pensamento radicante resume-se, portanto, em última instância, à organização de um êxodo.

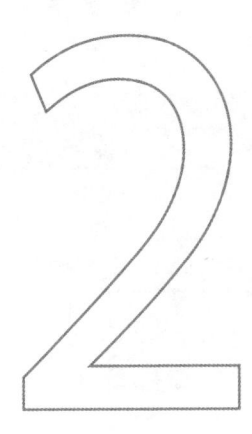

2
Estética radicante

O principal fato estético de nosso tempo reside, sem dúvida, no entrecruzamento das respectivas propriedades do espaço e do tempo, transformando este último num território tão tangível quanto o quarto de hotel em que me encontro ou a rua ruidosa que se estende sob a minha janela. Por meio desses novos modos de espacialização do tempo, a arte contemporânea produz formas capazes de apreender essa experiência do mundo através de práticas que poderíamos qualificar de *"time-specific"* – como resposta à arte *"site-specific"* dos anos 1960 – e através da introdução, na composição das obras, de figuras tomadas de empréstimo ao deslocamento espacial (errância, trajetos, expedições). A arte de hoje parece, assim, negociar a criação de novas formas de espaço através do recurso a uma geometria da tradução: a topologia. Esse ramo da matemática se dedica menos à quantidade do que à qualidade dos espaços, ao protocolo de sua passagem de um estado para outro. Ela remete, assim, ao movimento, ao dinamismo das formas, ao mesmo tempo que designa a realidade como um conglomerado de superfícies e objetos transitórios, potencialmente deslocáveis. Nesse sentido, tem muito em comum com a tradução, assim como com a precariedade.

1
Precariedade estética e formas errantes

Dentre os fenômenos sociológicos deste início do século XXI, a generalização do descartável é, sem dúvida, o que mais passa despercebido. Inclusive parece clichê desgastado, herdado dos primeiros gritos de alerta ecológicos dos anos 1960. Ainda assim, o fato é que a vida dos objetos se revela cada vez mais breve, sua rotação comercial é constantemente acelerada, e sua obsolescência, cuidadosamente planejada. A própria vida social mostra-se mais frágil do que nunca, e os laços que a compõem são esfaceláveis. Os contratos que regem o mercado de trabalho apenas refletem essa precariedade geral, calcada na precariedade de mercadorias cuja breve validade já impregnou nossa percepção do mundo. Originalmente o termo "precário" qualificava um direito de uso revogável a qualquer momento. É preciso constatar que hoje todo mundo percebe intuitivamente a existência como um conjunto constituído de entidades efêmeras, distante da difusa sensação de permanência que nossos antepassados, certos ou errados, tinham de seu modo de vida. Paradoxalmente, porém, a ordem política que rege esse caos nunca pareceu tão sólida: tudo muda o tempo todo, mas no âmbito de um padrão planetário imutável e intocável, a que nenhum projeto alternativo parece se opor de forma crível. Trata-se de um ambiente imediato permanentemente reatualizado e reformatado, onde o momentâneo sobrepuja o longo prazo e o direito de acesso à propriedade, à estabilidade das coisas, dos signos e dos estados se torna exceção. Bem-vindos ao mundo descartável: um mundo de destinos customizados, regido pela mecânica inacessível de uma economia que se desenvolve, tal como a ciência, com total autonomia em relação ao real vivido.

Até os anos 1980 uma moda vestimentária ou musical tinha tempo de se desenvolver antes de ceder lugar a outra, tão distinta quanto a anterior. Hoje, pelo contrário, as *tendências* formam uma espécie de movimento contínuo, de fraca amplitude, cujos conteúdos já não correspondem a opções comportamentais ou existenciais, como era o caso das grandes correntes da cultura pop dos últimos cinquenta anos do século XX. Na maré cultural contemporânea, as ondas já não cobrem uma à outra com força, desenhando cristas e vãos; pelo contrário, um sem-número de ondinhas vem rebentar na praia de uma atualidade em que todas as tendências coabitam sem animosidade ou antagonismo: as escolhas culturais são opcionais, combináveis, amontoáveis. Nada é *decisivo*, porque nada nos compromete de fato. Lembremos a grande pergunta nietzschiana, sobre o *eterno retorno*: vocês estão preparados para reviver por toda a eternidade os instantes que estão vivendo? Transposta para o mundo da arte, a pergunta implica um engajamento por determinados valores, em um espaço perpassado por conflitos, em apostas que envolvem o amanhã. Ora, a pergunta já não se coloca. No entanto, ela introduzia a *tragédia* na cultura, uma vez que as proposições artísticas, tal como os discursos que as acompanhavam, viam-se então marcadas pelo selo do irreversível, liberadas de um peso e armadas com uma lâmina. Passado o tempo do engajamento, sentimos uma dificuldade patética em *reter* o que quer que seja dentro de um espaço cultural volátil – com exceção dos nomes próprios, que assumem cada vez mais o papel de *marcas*.

Vários autores procuraram delimitar os contornos desse universo precário. O sociólogo Zygmunt Bauman define nosso culto industrial ao efêmero como sendo constitutivo de uma "modernidade líquida", em que "a indústria de trituração dos objetos se apossa das posições de força na economia"[1]. Nessa sociedade do descartável generalizado, "movida pelo pavor da expiração", nada é mais assustador do que "a firmeza, o caráter pegajoso, a viscosidade das coisas inanimadas, assim como das animadas"... E o motor dessa "vida líquida" é, evidentemente, o consumismo globalizado de que os *shopping centers* representam a face gloriosa e as favelas ou os mercados de pulgas, o avesso miserável, em um universo em que prevalece uma competição generalizada entre empregados descartáveis, alternadamente consumidores e consumidos. O pensador alemão Ulrich Beck descrevia, já em 1984, uma "sociedade do risco" em que o indivíduo, esmagado por "possibilidades ameaçadoras", sejam elas ecológicas ou econômicas, torna-se objeto de uma "pauperização invisível", gerada pela precariedade generalizada[2]. A vida privada não parece ficar atrás: o capitalismo mundial, afirma Slavoj Zizek, "encoraja claramente uma subjetividade caracterizada por identificações múltiplas e cambiantes", transformando as teorias *queer*, a cultura MySpace e os avatares de Second Life nos aliados objetivos de uma sociedade conduzida pela perpétua novidade[3]. Michel Maffesoli relativiza a irrupção dessa versatilidade social, vendo nela um simples "período" politeísta e pagão, eclético e pluralista, que muito logicamente estaria sucedendo, como "sinal de vitalidade", às totalizações do modernismo. "A figura emblemática do momento remete", escreve ele, "a uma identidade em movimento, a uma identidade frágil, uma identidade que já não é, como foi o caso durante a modernidade, o único fundamento sólido da existência individual e social."[4]

Esse modernismo "líquido" se tornou realidade no início dos anos 1990, quando a crise econômica relegou ao

---

[1] Zygmunt Bauman, op. cit., p. 9.

[2] Ulrich Beck, *La Société du risque*, Paris, Champs Flammarion, 2003. [Edição brasileira: *Sociedade de risco: rumo a uma outra modernidade*, trad. Sebastião Nascimento, São Paulo, Editora 34, 2010.]

[3] Slavoj Zizek, *Le spectre rôde toujours. Actualité du Manifeste du Parti communiste*, Paris, 2002, p. 19.

[4] Michel Maffesoli, *Du nomadisme*, Paris, Livre de poche, 1997, p. 109. [Edição brasileira: *Sobre o nomadismo*, trad. Marcos de Castro, Rio de Janeiro, Record, 2001.]

segundo plano os temas do consumo e da comunicação que haviam dominado a década de 1980. Jeff Koons, Jenny Holzer, Cindy Sherman ou Haim Steinbach, com diferentes recursos plásticos, instauraram em suportes duradouros o jogo social do comprar – quer se tratasse de identidades (Sherman), do valor de troca (Steinbach), da ideologia (Holzer) ou do marketing do desejo (Koons).

Já no final da década, porém, as obras de Cady Noland, a meio caminho entre a estética gelada que então prevalecia (identificável por seus acabamentos perfeitos, seus *packagings* sofisticados) e o mercado de pulgas (que pouco depois se tornaria a estrutura formal mais comumente utilizada pelos artistas), constituíram uma perfeita transição para os anos 1990, que se oporiam às formas luxuosas da arte da década anterior exaltando o precário em oposição ao sólido, o uso das coisas em oposição à sua troca sob a égide da linguagem publicitária, o mercado das pulgas em oposição ao *shopping center*, a *performance* efêmera e os materiais frágeis em oposição ao aço inoxidável e à resina[5].

Neste começo do século XXI, torna-se evidente que essas oposições são muito menos claras. Todas as formas coexistem pacificamente, e a produção artística já nem parece ser estruturada por esse movimento pendular entre o sólido e o precário que ainda ecoava a alternância entre o clássico e o barroco, "princípio fundamental da história da arte" segundo o historiador Heinrich Wölfflin[6]. Pois tais "princípios fundamentais" só podem agir plenamente em um mundo *radical* ou em um mundo que guardasse a memória dessa radicalidade. Em um universo pós-moderno tudo se equivale. Mas em um universo radicante os princípios se mesclam e se multiplicam por combinatórias: não há mais subtração, e sim incessantes multiplicações. Essa profusão, essa falta de hierarquias claras, combina com essa precariedade que não pode mais se limitar à utilização

---

[5] Sobre o mercado de rua como forma hegemônica da arte dos anos 1990-2000, cf. *Postprodction*, op. cit.

[6] Heinrich Wölfflin, *Principes fondamentaux de l'histoire de l'art*, Brionne, Gérard Monfort, 2006. [Edição brasileira: *Conceitos fundamentais da história da arte*, trad. José Azenha Júnior, *São* Paulo, Martins Martins Fontes, 1984.]

de materiais frágeis ou a curtas durações, pois que agora impregna o conjunto da produção artística com seus matizes incertos, constituindo um substrato para o pensamento, desempenhando um papel de fundo ideológico sobre o qual desfilam as formas. Em suma, a precariedade hoje impregna a totalidade da estética contemporânea. Seria esse um paradoxo? Oficialmente, atrevo-me a dizer que a precariedade é inimiga jurada da cultura. Recordemos alguns axiomas do pensamento ocidental segundo os quais o objeto cultural se define em termos de duração, ou simplesmente por sua antinomia com o mundo do consumo. Os escritos de Hannah Arendt são um bom exemplo dessa hierarquização das coisas de acordo com seu grau de *solidez*: "A cultura está ameaçada", escreve ela, "quando todos os objetos e coisas do mundo, produzidos pelo presente ou pelo passado, são tratados como meras funções do processo vital da sociedade, como se só existissem para satisfazer a alguma necessidade"[7]. Em outras palavras, a arte deve imperativamente resistir ao processo do consumo: "Um objeto é cultural segundo a duração de sua permanência: seu caráter duradouro é exatamente o oposto do caráter funcional". Zygmunt Bauman desenvolve idêntico raciocínio, ao mesmo tempo que define o inimigo com mais precisão: o mercado do consumo, no papel de novo provedor dos critérios culturais, "propaga a rápida circulação, uma distância reduzida entre o uso, o dejeto e a trituração dos dejetos, assim como a substituição imediata dos bens que se tornaram inúteis"[8]. Operações essas que, segundo Bauman, se opõem radicalmente à "criação cultural". Mas ainda será pertinente essa oposição entre o duradouro e o funcional, ou seja, ela ainda será capaz de estabelecer uma discriminação entre o que pertence à cultura e o que lhe seria alheio ou hostil? Será a precariedade algo ruim em si? Será possível redescobrir algo de incisivo no universo precário?

---

[7] Hannah Arendt, *La Crise de la culture*, Paris, Gallimard, 1968, p. 266-267. [Edição brasileira: "A crise da cultura: sua importância social e política", In. *Entre o passado e o futuro*, São Paulo, Perspectiva, 1972.]

[8] Zygmunt Bauman, op. cit., p. 79.

Paradoxalmente, a precariedade insere-se na cultura através dos vários dispositivos que contribuem para remediá-la, ao mesmo tempo que a atestam: vivemos em uma sociedade em salvamento automático, na qual o registro e o arquivamento dos fatos culturais se mostram extensos e sistemáticos. Se "entre as indústrias do consumo", escreve Bauman, "aquela que tritura os detritos é a mais imponente"[9], pode-se dizer o mesmo sobre essa que a reflete, a indústria do salvamento: assim, uma fina malha de revistas, museus, sites da internet e catálogos transforma o mundo da arte em uma espécie de *disco rígido* que armazena as produções mais precárias, recicla-as e utiliza-as. Também nisso a cultura da precariedade, em sua onimemória, privilegia o reapresentável (que depende de um direito de acesso) em detrimento do durável (que se resolve na posse física das coisas). Os desafios do museu de arte hoje se encontram menos na estocagem dos objetos em um espaço físico do que na manutenção da informação. Uma *performance* de Vito Acconci, realizada em 1970 e de que só subsistem documentação fotográfica e depoimentos, tem potencialmente o mesmo valor que uma escultura exposta nas salas de um museu – no caso, o valor de uma partitura passível de ser novamente tocada, mas também o de um evento artístico cuja onda de choque não pode de modo algum ser redutível à sua duração física. Assim, os dispositivos interativos que Tino Sehgal manda hoje em dia interpretar por atores recrutados em função do contexto das exposições não devem deixar posteriormente, a pedido de seu autor, nenhum rastro visível. Essa insistência no "aqui e agora" do evento artístico e a recusa de registrá-lo representam tanto um desafio ao mundo da arte (cuja natureza institucional se confunde doravante com o arquivamento) quanto a afirmação de uma precariedade positiva ou até de uma estética do desimpedimento, do esvaziamento do disco rígido.

Se aplicarmos às obras de arte contemporâneas os critérios estabelecidos por Hannah Arendt para definir a

---
[9] Ibid., p. 17.

cultura (seu caráter duradouro, sua posição de recuo em relação aos processos sociais, a recusa do funcional e da comercialização), será preciso constatar que a quase totalidade das obras e o sistema no qual elas são consideradas fogem a esses critérios. Isso equivaleria a dizer que essas obras não passam de uma paródia da cultura? Ou, pelo contrário, que elas definem novos territórios em resposta a uma situação inédita? Pois o que hoje se vê, quando se observa a produção artística, é que novos tipos de contratos parecem estar se constituindo entre cultura e precariedade, entre duração física da obra de arte e sua duração como informação, alterando a base de certezas sobre as quais se apoiava até então o pensamento crítico. Minha hipótese é de que a arte parece não só ter encontrado os meios de resistir a esse novo ambiente instável como também de extrair dele uma nova força – e que uma nova forma de cultura, com novos tipos de escrita formal, poderia de fato se desenvolver em um universo mental e material que tem a precariedade como tela de fundo. Pois tal é o caso, neste início de século XXI, quando o transitório, a velocidade e a fragilidade predominam em todos os campos do pensamento e da criação, instaurando o que poderíamos chamar de regime precário da estética. Um momento moderno ocorreu no final do século XIX: a pincelada tornou-se visível, manifestando a autonomia do quadro e enaltecendo a mão, em reação à industrialização das imagens e objetos. É possível que nossa modernidade, neste início de século XXI, se desenvolva a partir dessa falência da duração, no próprio cerne do turbilhão consumista e da precariedade cultural, vindo se opor à fragilização dos territórios humanos sob o efeito do maquinário econômico globalizado.

Sem forma fixa (materiais mendigos)

Depois das sutis composições de objetos achados de Kurt Schwitters, a história do uso dos materiais precários na arte demandaria muitos volumes. Vamos nos deter aqui às significações contemporâneas desse uso. Sem dúvida, os artistas do século XX utilizaram dejetos ou objetos usuais em abundância, mas com fins estéticos muito diversos. Assim, as caixas surrealizantes de Joseph Cornell nada têm a ver com as *Combine Paintings* [Pinturas associadas] de Rauschenberg, que buscavam preencher "o intervalo entre a arte e a vida" por uma perspectiva bem duchampiana. Os dejetos industriais acumulados, comprimidos ou embalados pelos Novos Realistas de 1960 visavam criar um léxico expressivo da nova natureza industrial, ao passo que os materiais naturais precários manipulados pelos artistas italianos da Arte Povera, na segunda metade da década, eram uma resposta ao otimismo consumista da *pop art* americana. Já as composições precárias realizadas pelos diferentes membros do movimento Fluxus valorizavam a vida cotidiana em oposição à sua captura pelos meios da arte e introduziam uma poética do quase-nada que encontraria sua mais forte expressão em George Brecht e Robert Filiou. E hoje?

Temos um gigantesco cafarnaum, sem começo nem fim... Os objetos mais heteróclitos, usados ou não, acumulados, isolados ou ligados por tubos ou fios, em uma estrutura em que não se vê nenhuma simetria nem nenhum tipo de conjunto, mas que abunda em pequenas composições dissimuladas, parcial ou totalmente, sob a massa de materiais... A primeira vez – estávamos em 1993 – que vi uma instalação de Jason Rhoades, em Colônia, fiquei um bocado perplexo. Aonde ele queria chegar? Contudo, estavam ali, diante dos meus olhos, todos os elementos daquela estética precária: entulhamento, saturação até; o recurso a materiais pobres; a indiferenciação entre o refugo e o objeto de consumo, entre o comestível e o sólido; a recusa de um princípio de composição fixa em proveito de instalações com aspecto *nomadizante* e indeterminado. Na época, um contexto econômico difícil parecia justificar essas alusões aos acampamentos dos sem-teto: no mesmo ano, em Nova York, Rirkrit Tiravanija transformava uma galeria em sopão popular, convidando, à guisa de exposição, os transeuntes a entrarem e ali se alimentarem. Mas o que permanece visível nas instalações de Tiravanija não deixa de ter relação com as instalações de Rhoades: utensílios de cozinha, mobília sumária, imagens ou objetos diversos, em uma aparente desordem que nenhuma "composição" reconhecível organiza. Como se, em um mundo saturado de objetos, só restasse compor em negativo, de modo indireto: Rhoades, californiano falecido em 2006 aos 41 anos, e Tiravanija, tailandês nascido na Argentina, são escultores que fazem surgir figuras mediante um trabalho de elisão, raspagem, eliminação. Para eles, não existe página em branco, tela virgem, material a ser trabalhado: o caos preexiste, e eles operam a partir de seu centro.

Em 1991, um disco do grupo My Bloody Valentine, *Loveless*, expressava através de sons essa nova disposição estética: dentro de um caos sonoro uniforme produzido por guitarras, a melodia de cada trecho parecia surgir por meio de subtrações progressivas, por entalhamento, como que recortada na espessura de um magma que lhe preexistia. Reflexos de uma civilização da superprodução, na qual o entulhamento espacial (e imaginário) é tamanho que a menor *falha* em sua cadeia ininterrupta – quer se trate de um terreno baldio urbano ou de uma extensão virgem (mata, deserto ou mar) ou de um contexto miserável – adquire de imediato uma *fotogenia* ou mesmo um poder de fascinação? O *pouco* é o ícone supremo, inclusive na acumulação; a não intervenção artística de Rhoades assume aqui o valor de um ato moral.

Composições frágeis, portanto... Não era essa, porém, a chave do enigma de uma estética que não insiste nessa fragilidade para destacar o poder de eternização da arte, mas, pelo contrário, enxerga na arte uma exaltação da instabilidade: originadas de um excedente generalizado, essas composições condizem com aquilo em que se tornou a paisagem urbana, um ambiente precário, entulhado e movente. Assim como boa parte do vídeo contemporâneo se organiza conscientemente a partir das práticas dos amadores, privilegiando o documento bruto ou a imagem trêmula e se contentando com o *editing* mais rudimentar, as instalações de Jason Rhoades afirmam que sua natureza só difere da vida por um ligeiro deslocamento simbólico: em um mundo que registra tão rapidamente quanto produz, a arte já não eterniza, e sim ajeita, repara, jogando a esmo na mesa os produtos que consome. Milhões de pessoas filmam, compilam e editam imagens usando softwares que estão ao alcance de todos. Mas essas pessoas registram recordações, ao passo que o artista põe os signos em movimento.

Dessa forma, as fotografias de Gabriel Orozco são simples paradas sobre a imagem dentro do grande filme do mundo precário. Ele enquadra esculturas efêmeras, composições coletivas, anônimas e ínfimas: uma sacola plástica suspensa, água em uma bola furada, pencas de bicicletas em uma calçada... Orozco escolhe por tema a coletividade como produtora de formas, mas no ponto preciso em que ela mal se distingue dos fenômenos naturais: a mão humana ou as intempéries – como distinguir uma das outras? Como artista, ele posiciona-se assim na linhagem de um Jacques Villeglé, coletor desse "lacerado anônimo" que constituía o material de base de seu trabalho de descolagem de cartazes, ou de Bernd e Hilla Becher, que estabeleciam o anuário visual das arquiteturas industriais abandonadas. As atividades humanas produzem, às vezes indiretamente, composições sutis que o artista se contenta em enquadrar, inserindo-as desse modo na duração, como é o caso da série dos *Monumentos* concebidos por Thomas Hirschhorn: "Eu queria mostrar que o monumento vem 'de baixo'", explica Hirschhorn. "Gosto dos altares anônimos, para onde as pessoas trazem flores e velas." Um desses "modelos" é o altar que os admiradores de Lady Di lhe improvisaram quando de sua morte por acidente em Paris, apropriando-se da reprodução da chama da Estátua da Liberdade de Bartholdi, oportunamente situada acima do túnel em que a midiática princesa encontrou a morte. Hirschhorn, aliás, construiu uma réplica desse túnel com seus materiais de predileção (cartão, papel-alumínio, fita adesiva marrom), antes de realizar instalações mais complexas dedicadas a autores como Gilles Deleuze, Georges Bataille, Baruch Spinoza ou Michel Foucault. "É uma crítica ao monumento clássico, à escolha das pessoas a que ele é dedicado e à sua forma. A tradição monumental celebra os guerreiros ou os homens do poder nas praças centrais das cidades; eu faço monumentos a pensadores em locais da periferia, onde moram pessoas, monumentos precários que não visam impressionar ninguém, que recusam a eternidade do material nobre, mármore ou bronze."[10] Vinda "de baixo", a estética precária se confunde com um ato de solidariedade.

Jennifer Allora e Guillermo Calzadilla, por sua vez, imprimem na areia signos gravados em solas de sapatos (*Landmark – Footprints*) ou encorajam os transeuntes a desenhar com giz branco no asfalto das cidades (*Chalk Project*). Um de seus vídeos, *Amphibious* (*Login-Logout*, 2005), mostra um desfile de formas e fatos aparentemente anódinos se desenrolando ao longo de um rio, percebidos por tartarugas montadas em uma jangada improvisada.

Convidado pela Tate Gallery, Mark Dion recrutou voluntários para coletar na lama do Tâmisa, junto à instituição britânica, qualquer artefato que nela estivesse preso: cachimbos, objetos de plástico, sapatos velhos ou conchas de ostras... Esse trabalho de arqueologia permitiu trazer à superfície a história cultural e industrial de Londres (*Tate Thames Dig*, 1999). Embora o horizonte do trabalho de Dion seja o da crise ambiental global e o das relações sociopolíticas entre os países ricos e o Terceiro Mundo, a que ele dá forma em instalações inspiradas pela museografia da história natural ou da zoologia, ele também descreve o nosso mundo como um imenso amontoado de dejetos diversos que a obra de arte se dedica a coletar, classificar e interpretar. Por essa perspectiva podemos igualmente ler as instalações de George Adeagbo, constelações de obje-

---

[10] Depoimento de Thomas Hirschhorn a Valérie de Saint-Do, disponível no site <http://www.horschamp.org/article.php3?id_article = 1300>.

tos miúdos salvos de um desastre abstrato, ou as amostragens colhidas por Jeremy Deller na cultura *folk* dos Estados Unidos. Embora alguns artistas possam hoje dar a impressão de se manterem afastados dessa estética precária, eles só se diferenciam dela pelo grau de solidez material de suas obras. Tomemos o trio de celebridades formado por Jeff Koons, Maurizio Cattelan e Damien Hirst. Qual seria o ponto comum entre eles, para além da dimensão performática que sabem dar às suas exposições, senão a ambição comum de tornar monumental uma iconografia oriunda da precariedade contemporânea? Jeff Koons reveste assim brinquedos infantis com um peso imenso que contrasta com sua futilidade. Seu tema é o peso: transforma os mais leves objetos em massas intransportáveis, o pneumático em chumbo, a quinquilharia em joalheria, como se a mais-valia estética se aparentasse, para ele, a uma forma de gravidade. Em Koons a densidade da matéria se torna o código por excelência da organização do visível; uma obsessão com a precariedade ordena-lhe que a transforme em espetáculo – ou seja, em capital acumulado, em valor ouro. Quanto a Damien Hirst, os majestosos recursos plásticos que ele utiliza, o impecável acabamento de suas imensas gaiolas de vidro ou os luxuosos formatos de seus quadros só vêm acentuar o caráter mórbido ou a fragilidade dos temas que ele os faz conter ou neles alfineta. O formol eterniza: ele o emprega, portanto, para preservar a arte da putrefação. Caçador de borboletas, conservador de um museu de cadáveres, genial decorador do hospital do século XXI, Hirst é o grande negador da precariedade, designando-a dessa forma como o nosso próprio horizonte. As instalações cintilantes realizadas por Subodh Gupta com os mais banais utensílios de cozinha encontrados no estado indiano de Bihar, as *assemblages* pungentes que Nari Ward produz coletando materiais usados nos bairros negros de Nova York, as máscaras africanas cromadas por Bertrand Lavier ou ainda as sutis disposições de objetos de David Hammons, mesmo pertencendo ao campo da escultura, contribuem para a iconografia do mundo precário.

Cattelan, por sua vez, opera com a mesma clareza no âmago dessa iconografia: o *status* instável do artista, a fragilidade de sua posição no mecanismo de produção do valor, fornece-lhe o essencial do seu material e os recursos de sua ironia chapliniana – a do vagabundo introduzido no universo do poder. Assim, ele reproduziu acima do depósito municipal de lixo de Palermo (*Hollywood*, 2001), em tamanho real, as letras que nas colinas de Los Angeles formam a palavra "Hollywood". Essa réplica poderia servir de emblema para sua obra, obcecada pela precariedade social e que promove de bom grado o choque entre o luxo e a miséria. A *vaidade* é o emblema desse choque entre dois mundos e está voltando à moda neste início do século XXI: *Very Hungry God* (2006), de Subodh Gupta, representa um crânio gigantesco com a ajuda de uma série de utensílios cromados; Piotr Uklanski fez o "retrato" de um colecionador, no caso François Pinault, na forma de uma imagem de raios X; anteriormente ele já havia produzido uma fotografia em que corpos nus entrelaçados formavam uma caveira. É no contexto do luxo que a vaidade readquire sentido: nesse grau de cinismo social o artista se torna um filósofo pré-socrático, o único capaz de dizer ao imperador "sai da frente do meu sol"...

Errância urbana

Os historiadores de amanhã, ao se debruçarem sobre nossa época, ficarão sem dúvida impressionados com a quantidade de obras que retratam a vida cotidiana nas grandes cidades. Vão recensear as incontáveis imagens de ruas, lojas, mercados, prédios, terrenos baldios, multidões e interiores expostas agora nas galerias. Irão deduzir que os artistas deste início do século XXI eram fascinados pela metamorfose de seu ambiente próximo e pelo tornar-se mundo de suas cidades. Poderão comparar este período à segunda metade do século XIX, quando Édouard Manet, Claude Monet ou Georges Seurat também representavam, através de cenas da vida urbana ou da periferia contígua às cidades, o surgimento da civilização industrial: os quadros dos impressionistas retratando os bulevares ou cafés parisienses encontram eco nas paisagens pós-industriais de Andreas Gursky, Thomas Struth, Beat Streuli e Jeff Wall. E, para além da fotografia contemporânea, a quase totalidade dos artistas atuais poderia ser definida pela palavra de ordem baudelairiana: "extrair o eterno do transitório". Pois a onipresença da precariedade na arte contemporânea faz que esta efetue, pela força das coisas, um retorno às fontes da modernidade: o presente fugitivo, a multidão movente, a rua, o efêmero. No texto mais programático de todos que escreveu, "Le Peintre de la vie moderne", Baudelaire tenta definir o perfil desse artista mutante: "Homem do mundo inteiro, homem que compreende o mundo e as misteriosas e legítimas razões de todos os seus usos", ele "se interessa exatamente pelas coisas mais triviais na aparência". *Flâneur* capaz de "esposar a multidão", ou seja, "a quantidade, o ondulante, o movimento, o fugitivo e o infinito"[11], tal artista se apresenta como "um caleidoscópio dotado de consciência que, a cada movimento, representa a vida múltipla e a graça movente de todos os elementos da vida"[12]. De Gabriel Orozco a Thomas Hirschhorn, passando por Francis Alÿs ou Jason Rhoades, cujos universos formais são, porém, claramente distintos, inúmeros artistas contemporâneos poderiam subscrever essa definição da modernidade baudelairiana, indexada no urbano, na errância e na precariedade. E a figura do "caleidoscópio dotado de consciência" parece ter sido criada para descrever o espectador de uma obra de Rhoades ou Tiravanija, capaz de decompor ou recompor os movimentos que unificam os mil elementos de uma instalação que, para olhos estáticos, não passaria de mera desordem.

---

[11] Charles Baudelaire, *Écrits esthétiques*, Paris, UGE, 1986 (coleção 10/18), p. 365-369. [Edição brasileira, incluso o texto "O pintor da vida moderna": *A modernidade de Baudelaire*, trad. Suely Cassal, Rio de Janeiro, Paz e Terra, 1988.]
[12] Ibid., p. 370.

"Você sabe o que quer dizer [o termo marítimo] *'erre'*?"*, pergunta Lacan. "É algo como o impulso. O movimento residual de uma coisa depois que cessa o impulso que a propulsiona."[13] Uma vez detido o motor modernista, no final dos anos 1970, muitos foram os que decretaram o fim do próprio movimento. Os pós-modernos ficaram então rodando em torno do veículo, desconstruíram sua mecânica, reduziram-no a peças avulsas, teorizaram a pane, antes de passear pelos arredores e anunciar que cada qual podia andar do seu próprio jeito em qualquer direção. Os artistas de que falamos aqui pretendem ficar dentro do carro, seguindo a direção que foi a da modernidade – embora fazendo rodar seu veículo ao sabor dos relevos com que se deparam e utilizando outro combustível: o *erre*, a velocidade adquirida, seria, assim, o que nos resta do movimento para a frente iniciado com o modernismo, o campo aberto para nossa própria modernidade, nossa altermodernidade. Assim, a obra de Gabriel Orozco é recheada de alusões ao deslocamento errático do pedestre urbano. *Yelding Stone* [Pedra que rende] (1992) é uma bola de massinha de modelar que, rolada no asfalto da cidade, aglomera os detritos miúdos que o cobrem. Composta por uma película de ínfimos materiais, cascas, poeiras, a *Yelding Stone* está programada para, com o passar dos anos, chegar ao peso de seu autor, o que dá à obra, embora não seja ela antropomórfica, a densidade de um retrato do artista como *flâneur*. Em uma série magnífica de quadros intitulada *The Samurai Tree* [A árvore samurai], iniciada em 2005, Orozco pinta, com folha de ouro e têmpera, um círculo central a partir do qual cada composição irá se desenvolver segundo a marcha do cavaleiro** do jogo de xadrez, acrescentando mais círculos de variados tamanhos até que estes alcancem os limites da tela. Cada quadro des-

---

* Optou-se por manter a palavra francesa, uma vez que ela encerra um jogo com as palavras "errância", "errar" etc. Mais adiante o termo voltará a aparecer – igualmente sem tradução –, mas com outro sentido. (N. T.)

[13] Jacques Lacan, "Les non-dupes errent", seminário de 13 de novembro de 1973. Pode ser consultado no site: <www.gaogoa.free.fr/seminaires.htm>.

** Tanto em inglês quanto em francês, a peça que denominamos "cavalo" é chamada de "cavaleiro". O termo foi mantido devido à associação com a figura do samurai. (N.E.)

sa série esboça sutis espirais ou linhas sinuosas que lembram tanto as *Constelações* de Joan Mirò como o *Broadway Boogie-Woogie* de Piet Mondrian. Empregado aqui como um princípio de composição, o cavaleiro (samurai) do jogo de xadrez revela ser uma figura recorrente do trabalho de Orozco: a escultura *Knights Running Endlessly* [Cavaleiros que correm incessantemente] (1995) apresenta-se como um tabuleiro de xadrez de 256 casas, todas ocupadas por cavaleiros. A marcha dessa peça, aparentemente aleatória e fantasiosa, mas na verdade rigorosamente ordenada, funciona como uma metáfora da errância, da marcha enviesada em meio à multidão das grandes cidades – de que as obras da série *The Samurai Tree* constituem os ícones.

Se as práticas errantes são hoje importantes a ponto de fornecer à arte um modelo de composição, isso ocorre em resposta à evolução das relações entre o indivíduo e a coletividade na cidade contemporânea. Walter Benjamin, que definia a aura da obra de arte como "a aparição única de um longínquo"[14], descreve seu progressivo desaparecimento em termos espaciais: o espaço humano se metamorfoseia, a distância entre as coisas e os seres diminui; a cidade moderna, cuja multidão constitui seu meio vital, introduziu a "percepção traumatizante"[15] como princípio formal de que o cinema foi o resultado estético-técnico. A imensidão das massas, escreve Benjamin, desfaz o vínculo existente entre o indivíduo e a comunidade, vínculo que só se recria mediante um ato voluntário ou mesmo artificial. Assim, pode-se dizer que a megalópole contemporânea, tal como os artistas de hoje a representam ou põem em ação, vincula-se a uma *velocidade adquirida* política, ou seja, o que resta do movimento de socialização quando desapareceu sua energia própria, dando lugar a um caos urbano. Além disso, cada uma delas concentra os traços da economia-mundo: as verdadeiras fronteiras são

---

[14] Walter Benjamin, *L'Œuvre d'art à l'ère de sa reproductibilité technique*, in *Essais*, t. 2, Paris, Denoël-Gonthier, 1971-1983, p. 94. [Edição brasileira: Walter Benjamin, op. cit.]
[15] Walter Benjamin, *Sur quelques thèmes baudelairiens* [Sobre alguns temas baudelairianos]. In *Essais*, t. 2, p. 170.

agora internas e efetuam sutis segregações entre classes sociais ou etnias no interior da própria cidade.

John Miller vem fotografando há muitos anos, em qualquer lugar do mundo em que se encontre, cenas da vida cotidiana durante o intervalo de almoço: a série *Middle of the Day* [Meio do dia], hoje com milhares de fotos, reúne imagens desse entremeio de um dia de trabalho, momento intersticial em que o empregado, em liberdade condicional, ocupa o espaço público almoçando sentado em um banco ou passeando pela cidade. Esse tempo suspenso da produção industrial foi o tema do quadro de Georges Seurat, *Tarde de domingo na ilha da Grande-Jatte* (1884-1886): representação do dia semanal de repouso no subúrbio parisiense, alegoria pontilhista do surgimento da civilização do lazer, a obra do pós-impressionista francês foi produzida com meios pictóricos que evocavam, eles próprios, a divisão do trabalho. Com suas pinceladas puntiformes, mecanicamente aplicadas na superfície da tela, Seurat pretende reproduzir na pintura o movimento da indústria: ele sonhava poder reproduzir em série seus quadros, como em uma linha de montagem, aplicando um por um na tela os pontos de tinta. Quando John Miller pretende hoje figurar o intervalo de lazer do meio do dia, ele também recorre a meios absolutamente homotéticos ao seu tema: uma câmera amadora, enquadramentos às vezes aproximativos; e apresenta essas vistas de centros de cidades, às centenas, no formato mais corriqueiro e emolduradas com um simples filete de madeira. Mas onde foram tiradas essas imagens de basbaques semiocupados, homens-sanduíche diante de um fundo de *shopping center* ou perambulando pelos parques? Embora vez ou outra uma placa nos forneça um vago indício, fica difícil saber se as fotos mostram Amsterdã ou Moscou, Hong Kong ou Buenos Aires. John Miller retrata o domingo de Seurat ampliado para dimensões planetárias e limitado ao horário legal do andar à toa.

Desde 1991, Francis Alÿs faz de seus passeios pela Cidade do México o ponto de partida de um trabalho que se divide entre pintura, desenho, fotografia, filmes e ações.

"A caminhada é um dos nossos derradeiros espaços de intimidade", diz ele. Volta e meia ele registra suas deambulações ou junta objetos que encontra e imagens para utilizar em seus quadros. Por que o equivalente contemporâneo da pintura de paisagem se baseia tão naturalmente na ação e no relato, em detrimento da representação? Alÿs tem uma explicação: "Minhas pinturas, minhas imagens", diz ele, "são apenas tentativas de ilustrar as situações com as quais me deparo, que provoco ou 'performo' no nível do espaço público, geralmente urbano, e efêmero. Procuro estabelecer uma clara distinção entre o que destino à rua e o que destino às paredes das galerias. [...] Tentei criar imagens pintadas que pudessem se tornar equivalentes da ação, das recordações, sem representar literalmente a ação em si"[16]. O artista do mundo precário considera o meio urbano como um invólucro do qual há que se desprender fragmentos. Quantos pintores florentinos não utilizaram a terra de Siena para representar as paisagens da Toscana? Atentar para o motivo, como fizeram os impressionistas em seu tempo, é hoje penetrar no motivo e se mover de acordo com seus ritmos. A artista eslovena Marjetica Potrc não retrata as favelas de Caracas: passa nelas uma temporada a fim de estudá-las por dentro, coletar ou reconstituir seus fragmentos e, em um segundo tempo, propor soluções alternativas. O grupo dinamarquês Superflex não representa as relações de poder ou os fluxos comerciais com os países do Terceiro Mundo, e sim instala estruturas de produção de um refrigerante de guaraná no Brasil ou centrais elétricas ecológicas na África[17]. Somos tentados a mencionar, a propósito dessas "intervenções" artísticas na realidade urbana, a conhecida expressão de Karl Marx em *Teses sobre Feuerbach*: "Os filósofos até o momento só

---

[16] Entrevista a Gianni Romano, "Francis Alÿs: Streets and Gallery Walls", *Flash Art*, n. 211, 2000.

[17] Poderíamos multiplicar os exemplos. Citemos apenas o artista turco Can Altay, que fotodocumenta terrenos baldios e outros locais de encontro de adolescentes. Os japoneses do Ateliê Bow Wow fazem o inventário dos espaços intersticiais do tecido urbano; o grupo de cineastas e artistas Raqs Media Collective, sediado em Nova Déli, constrói projetos de longo prazo envolvendo diversas comunidades...

interpretaram o mundo, trata-se agora de transformá-lo".
Seja como for, nesse caso estamos realmente diante de outra figura central da modernidade.

Captar a cidade em uma imagem seria, sobretudo, acompanhar o seu movimento: lembremos o longo *travelling* fluvial filmado por Dominique Gonzalez-Foerster em Riyo. Em uma sequência da série *The Needle Woman* [A mulher com a agulha], Kim Sooja enfrenta, impassível e filmada de costas, a vaga de uma multidão asiática. Em sua videoinstalação *Electric Earth* [Terra elétrica] (1999), Doug Aitken retraça em oito telões as deambulações de um passeador solitário em meio a uma paisagem urbana noturna igualmente difícil de identificar, de onde parece ter sido apagada qualquer presença humana; restam não-lugares (o estacionamento de um centro comercial, por exemplo) e máquinas (antenas parabólicas, lavanderias automáticas...) que parecem, aos poucos, assumir o controle do *flâneur*, zumbi contemporâneo precarizado pela indiferença metafísica com que seu ambiente lhe responde. A iluminação urbana parece constituir o material de construção de Aitken: crua, fria, a luz é aqui onipresente, e lampadários baços deixam rastros nas calçadas. O tratamento que Doug Aitken dá à luz é o inverso daquele de Seurat, que se esforçava por eliminar a irisação da luz, o halo luminoso, para manter apenas a cor nítida de um objeto em condições atmosféricas precisas. Ora, a cidade contemporânea representa-se em movimento, inclusive a sua luz.

O errante não demora a esbarrar, como inseto na vidraça, nesses territórios em que o espaço público (partilhado) se reduz mais e mais a cada dia que passa. Em muitas de suas obras dos anos 1990 o sul-africano Kendell Geers mostra o avesso da cidade contemporânea através de fotografias de dispositivos privados de segurança ou de obras assombradas pelo perigo, tal como *Mondo Kane* (2002), um cubo minimalista eriçado com cacos de garrafas; ou mesmo literalmente perigosas, quando são compostas por lâminas de barbear ou atravessadas por corrente elétrica. O universo de Francis Alÿs também exibe os dispositivos de controle e uniformização da cidade, mas coletando as imagens da precariedade: marginais, sem-teto ou cães sem dono. Em seu diaporama *Sleepers II* [Dorminhocos II] (1997-2002), eles – oitenta ao todo – dormem nas calçadas, sendo fotografados ao nível do chão, cercados por um asfalto desfocado que altera a nossa perspectiva da cidade.

A "*erre*", linha invisível que atravessa o centro das cidades, congrega todos os que não sabem para onde ir – vagabundos, nômades, ciganos, marginais, imigrantes ilegais. O errante se vê, assim, rapidamente associado ao universo da delinquência. E se a *flânerie* baudelairiana é para o ocioso um momento de pausa, já a errância arrasta mais do que depressa seus praticantes para fora da legalidade. Aliás, o artista precário define de bom grado seu trabalho com termos emprestados da vagabundagem criminosa: pilhagem, caça clandestina, roubo, recusa de trabalho assalariado. Reconhece Kendell Geers: "Quando trabalho com uma imagem ou objeto existente, não o concebo como um *sampling*, no sentido de um DJ, nem como um desvio, como fizeram os situacionistas, e sim como um puro roubo. Estou falando em roubar as imagens de Hollywood, da CNN, de tomar as imagens, literalmente, e trabalhá-las"[18]. Bruno Serralongue, por sua vez, trabalha como fotojornalista – a única diferença é que, não dispondo de qualificações oficiais, ele é obrigado a colocar sua câmera na orla do acontecimento, assinalando, assim, visualmente a linha que separa o artista do jornalista, cujo protocolo ele finge adotar, e o profissional do simples cidadão. Ele se dirige assim para as margens da informação, endossando o papel de testemunha, como quando faz retratos de imigrantes ilegais ou grevistas. Serralongue fotografa essa linha que separa a informação, o "comunicado", e a periferia do acontecimento que lhe serve de pretexto. Situa-se fora da lei.

A "efração" mais grave cometida pela arte atual é exercida contra a nossa percepção da realidade social. Com efeito, a arte precariza tudo o que toca: esse é o seu fun-

---

[18] Debate entre Kendell Geers, Daniel Buren e Nicolas Bourriaud, no catálogo "Kendell Geers", Galleria Continua, San Gimignano, 2004.

damento ontológico. Ao se apoderar dos elementos que compõem nossa vida cotidiana (o logo de uma empresa, as imagens da mídia, os signos urbanos, os protocolos administrativos...) para usá-los como material a partir do qual produzem suas obras, os artistas destacam sua dimensão arbitrária, convencional, ideológica. Trocamos objetos por dinheiro, vivemos dessa ou daquela maneira, mas – você sabia? – poderíamos fazer diferente... Ao fazer funcionar de outro modo os elementos de sua mecânica corriqueira, a arte funciona como banco de montagem alternativo da realidade vivida[19]. Ao formalizar comportamentos, condutas sociais, espaços, funções, a arte contemporânea confere à realidade um caráter transitório e precário. Em oposição ao discurso vigente, que se resume à famosa expressão thatcheriana *"There is no alternative"*, a arte mantém intacta uma imagem da realidade como construção frágil e leva a tocha da ideia de mudança, a hipótese de um plano B. Se a arte contemporânea é portadora de um projeto político coerente, esse projeto é: levar a precariedade até o próprio âmago do sistema de representações pelo qual o poder gera os comportamentos, fragilizar todo e qualquer sistema, dar aos hábitos mais arraigados ares de um ritual exótico.

A arte é, portanto, uma espécie de ilha de edição tosca que apreende o real social pela forma. De modo mais geral, essas obras produzem a *ficção* de um universo que funciona de forma diferente. Pode-se dizer que essa ficção traz, para a fita contínua da realidade social, a dimensão do infinito – da mesma forma que a linguagem nos permite recortar em pedaços pequenos essa realidade física que, para o animal, constitui um *continuum*, um espaço unidimensional. Por termos sido humanizados pela linguagem, sabemos que a matéria dentro da qual evoluímos não é una e indivisa: a sala onde escrevo estas linhas se fragmenta em piso, mesa, gaveta, puxador, nervura da madeira, suvenires... e assim por diante, ao infinito. Do

---

[19] Tese que desenvolvi mais extensamente em *Postproduction*, op. cit.

mesmo modo, a dimensão ficcional da arte vem romper a cadeia da realidade, devolvendo-a à sua natureza precária, à mescla instável de real, imaginário e simbólico que ela contém: essa ficção amplia a realidade, permitindo-nos mantê-la em perpétuo movimento e nela introduzir, portanto, a utopia e a alternativa. Pois a ficção não é só imaginário e o ficcional não se reduz ao fictício: o *ready-made* duchampiano, por exemplo, pertence à ordem da ficção, sem por isso diferir, por sua natureza, da realidade que ele apresenta, a não ser pelo relato através do qual Marcel Duchamp o introduz em um regime ficcional. O *fictício* opõe-se à realidade na qual se inspira; o *ficcional* – que é o regime do relato, da narrativa – faz as vezes de legenda ou dublagem, mas sem apagá-la.

A errância representa, assim, uma interrogação política da cidade. É escritura em marcha e é crítica do urbano considerado matriz dos cenários em que evoluímos. Ela funda uma estética do *deslocamento*. O termo está desgastado, sem dúvida, um século depois do *ready-made* duchampiano, que foi o gesto de deslocamento de um objeto usual para o dispositivo de legitimação que o sistema da arte representa. Mas se Duchamp utilizou o museu como instrumento óptico, permitindo que olhássemos de um modo diferente para um porta-garrafas, é preciso constatar que o museu já não é hoje em dia um aparelho predominante, perdido que está em meio a uma quantidade de processos de captação e legitimação que não existiam na sua época. Vimos que Walter Benjamin relaciona a perda da aura ao surgimento dos dispositivos mecânicos de captação das imagens, ou seja, o cinematógrafo visto como modelo de controle. Todo mundo, hoje, pode ser filmado na rua, prossegue ele, com a surpreendente presciência do sistema de vigilância urbano vigente na maior parte das cidades contemporâneas. Ao objeto de série posto diante do dispositivo de gravação do museu (Duchamp), hoje responde o corpo do errante urbano e as formas que ele transporta consigo, evoluindo no espaço telegênico generalizado da cidade do século XXI.

Hegel via na história humana uma trajetória única que se desenvolvia através de uma sequência regrada de avanços e progressos, tendendo a uma conclusão. A visão hegeliana da História, tão persistente na arte do século XX, pode ser representada pela imagem de uma autoestrada. A errância, na função de princípio formal de composição, remete a uma concepção do espaço-tempo que se inscreve contra a linearidade e, ao mesmo tempo, contra a planeza. O tempo linear da História e a visão de um espaço humano unidimensional perdem seu sentido diante de obras que se constituem a partir do modelo do encaminhamento, do itinerário, de uma navegação sinuosa entre diferentes formatos ou circuitos. Ora, o modelo da pintura-janela da era clássica, ao organizar o visível em torno da via perceptiva fornecida pela perspectiva monocular, é para o espaço o que a História hegeliana é para o tempo: uma tensão modulada em direção a um ponto único. A partir do final do século XIX, a modernidade pictórica obstrui a perspectiva, derrubando a linearidade do espaço rumo ao tempo: a planeza é que iria doravante governar o espaço pictórico, ao passo que a representação da História (do tempo) iria se orientar para uma versão linear. Em um texto importante, Leo Steinberg situa o surgimento do espaço pós-moderno nos *Combine Paintings* de Robert Rauschenberg[20], em que a pintura se transforma em rede de informações. Não sendo janelas desvendando um mundo nem superfícies opacas, as obras de Rauschenberg inauguram de fato uma errância do sentido, um passeio em meio a uma constelação de signos.

Para designar essa nova figura do artista, forjei o termo *semionauta*: o criador de percursos dentro de uma paisagem de signos. Habitantes de um mundo fragmentado, no qual os objetos e as formas saem do leito de sua cultura original e vão se disseminar no espaço global, eles ou elas erram em busca de conexões a ser estabelecidas. Indígenas de um território sem limites *a priori*, encontram-se na posi-

---

[21] Leo Steinberg, *Other Criteria*, Oxford, Oxford University Press, 1972, p. 82-91. [Edição brasileira: Outros critérios, trad. Célia Euvaldo, São Paulo, Cosac Naify, 2008.]

ção do caçador-coletor de outrora, do nômade que produz seu universo percorrendo incansavelmente o espaço. Em seu documentário *Les Glaneurs et la Glaneuse* [Os respigadores e a respigadora], Agnès Varda adaptou seu método ao seu tema: rodando um filme sobre a antiga prática dos respigadores e suas declinações contemporâneas, ela vagueia de uma pessoa para outra, um lugar levando-a naturalmente ao lugar seguinte, construindo com paciência uma analogia entre seu ofício de cineasta e o ato de colher aqui e ali, pirataria tolerada de um sistema de produção.

Seth Price, cuja prática oscila entre formatos aparentemente incompatíveis, da escrita de ensaios teóricos à compilação de trechos musicais em *mixtapes*, vincula conceitualmente a errância à multiplicidade de formatos culturais por meio dos quais uma obra pode se manifestar hoje em dia. "Será possível supor", escreve ele, "que um artista produza uma obra diretamente dentro de um sistema que, para existir, depende da reprodução e da distribuição, um modelo que estimula a contaminação, o empréstimo, o roubo e a interferência horizontal? O sistema da arte costuma abarcar obras errantes, mas será que conseguiria recuperar milhares de livros de bolso em livre circulação?"[21] Seth Price utiliza o termo "dispersão" para caracterizar sua prática artística, que consiste em disseminar a informação em formatos diversos: sua obra *Title Variable* [Variável título] apresenta-se assim sob forma de álbuns, ensaios e dossiês disponíveis *online*. Tal como uma instalação de Jason Rhoades, uma exposição de Rirkrit Tiravanija ou a maioria dos trabalhos de Pierre Huygue, *Title Variable* não se deixa encerrar em um espaço-tempo unitário.

Nas obras de Kelley Walker, Wade Guyton ou Seth Price, as formas mostram-se em estado de prova, para sempre transitórias; parecem suspensas, mantidas em espera entre duas traduções, ou constantemente traduzidas. Oriundas de revistas ou sites da internet, estão prestes a voltar para lá, instáveis, espectrais. Nelas, toda origem formal é

---

[21] Seth Price, "Dispersion" (2002), ver: <www.distributedhistory.com/Disperse.compressed.pdf.zip>.

negada ou, mais ainda, tornada impossível. O *mixtape* representa o emblema dessa cultura da pós-produção: Seth Price, aliás, realizou vários, e Peter Coffin multiplica igualmente compilações temáticas em CD. Navegando em uma rede constituída por fotocópias, tiragens, telas ou reproduções fotográficas, as formas surgem como encarnações transitórias. O visível aparece aqui como essencialmente nômade, conjunto de fantasias iconográficas: a obra, como um *pen drive* conectável em qualquer suporte e passível de infinitas metamorfoses. A prática desses três artistas, que desestimula qualquer desejo de atribuir a suas obras um lugar estável e preciso na cadeia de produção e tratamento da imagem, dá seguimento, radicalizando-a, à "refotografia" praticada por Richard Prince a partir dos anos 1980. Kelley Walker, porém, é sem dúvida o artista que leva até sua conclusão lógica a demonstração warholiana do artista frente à máquina: em vez de se identificar com ela, como proclama Warhol, Walker apresenta-se como uma subjetividade mínima, em movimento, sempre customizada pelos produtos que consome e que opera dentro de um ambiente de máquinas. Construindo cadeias de objetos visuais tomados de um incessante remembramento, ele retrata uma realidade desenraizada através de obras que constituem tão somente "paradas na imagem" de um enunciado em desenvolvimento.

Coda: estéticas revogáveis

É lícito perguntar se o legítimo "Grande Relato" de nossa época, cuja presença, de tão ofuscante, pode passar despercebida, não seria o seguinte: não há, e não pode mais haver, um Grande Relato. O tornar-se fragmentário de tudo e todos, dentro de uma massa indistinta que forma uma bolha de informações, faria então as vezes de ideologia totalizante para o nosso mundo antitotalitário. Daí a nossa dificuldade em pensar a História em marcha: quem conta essa História? E para quem? Quem seria o herói desse relato, dado que nenhum povo e nenhum proletariado pode mais se arrogar esse título e que já não existe um tema universal?

A precariedade geral pode ser compreendida a partir da emergência de uma cultura em que não subsiste nenhum grande relato histórico ou mítico em torno do qual as formas se ordenariam – exceto o da arquipelização das iconografias, dos discursos e dos relatos, entidades isoladas ligadas por linhas em filigrana. Somos confrontados com as imagens de um mundo flutuante, como essas *Ukiyo-e* tão caras a Hokusai... No seio dessas estéticas agora privadas de ponto de ancoramento dentro de um "grande relato de legitimação" (Lyotard), arrancadas, parcial ou totalmente, de qualquer origem local ou nacional, toda obra deve contribuir para a produção do seu próprio contexto, para indicar suas próprias coordenadas. Meridianos moventes... Esse princípio da desterritorialização remete, na ordem da estética, à visão caleidoscópica mencionada por Baudelaire como sendo a essência do moderno: os posicionamentos e os julgamentos de valor se efetuam em contextos cambiantes, precários, revogáveis. Já é o que basta para causar vertigem nos sedentários. Mas eles já não estarão sentindo essa vertigem, na medida em que vislumbram essa mutação?

No início dos anos 1990, o marketing de massa, sustentado pela internet ainda em seus primórdios, lançou-se na estratégia de individualização do produto, imaterializando ao máximo o gesto da compra. Assim, nas butiques de luxo os objetos foram rareando, de maneira a colocar artificialmente o consumidor fora do mundo da produção massificada, encarnado pelas prateleiras do supermercado. O mais recente artifício do marketing consiste em negar a existência da quantidade, em criar a ilusão da raridade jogando com a obscura nostalgia do desprovimento.

O diagnóstico dos especialistas do marketing parece totalmente justificado: a precariedade que atinge o conjunto da paisagem cultural origina-se de fato, pelo menos em grande parte, nesse processo de *entulhamento* que caracteriza a nossa época. A precariedade é uma função da produção de massa, e sua antítese, a impressão de solidez, depende antes do isolamento de um objeto do que da matéria que o compõe: um fósforo disposto sobre um pedestal sempre irá parecer menos precário do que um amontoado de mármore. Precário: "que só existe por meio de uma autorização revogável"... O que equivale a dizer que as obras contemporâneas não usufruem de nenhum direito absoluto à obtenção de um *status*. Será arte, ou não? A pergunta, que encanta os aduaneiros da cultura e estimula enormemente seus juristas, resume-se, aliás, a uma investigação policial: qual o seu direito de entrada em solo artístico? Você tem documentos, certificados de direito? No entanto, ela poderia ser formulada de outra maneira: o que é que, atravessando o espaço-tempo da arte, constitui uma presença real? Será que esse novo objeto, introduzido na bolha artística, gera alguma atividade, algum pensamento? Será que ele tem alguma influência sobre esse espaço-tempo e, caso positivo, que tipo de produtividade? São essas, a meu ver, as perguntas pertinentes de se fazer a uma obra. Se esse objeto existe, se ele *se sustenta*, coordena, produz... Alguma coisa passa, ou se passa? É preciso romper com os reflexos do policial e do legislador, e olhar para a arte com os olhos de um viajante curioso ou de um anfitrião que acolhe em sua casa hóspedes desconhecidos.

 Será que o contexto de entulhamento generalizado em que se apresentam hoje as obras de arte, o qual determina seu modo de produção e a forma como as recebemos, faz que as julguemos de modo diferente? Voltaremos a esse aspecto na terceira parte deste livro. Tomemos como exemplo, no entanto, a exposição de John Armleder no MAMCO (Museu de Arte Moderna e Contemporânea) de Genebra em 2006: ao organizar uma retrospectiva de sua obra, o artista desmembra e recompõe a totalidade do *corpus* identificável sob o nome "Obra de John Armleder". Empilhando-as, justapondo-as, operando aproximações ou recortes, Armleder põe em cena a intercambiabilidade das posições de suas próprias obras e acentua um princípio fundamental: a obra de arte não é mais um objeto "terminal", e sim um mero instante em uma cadeia, o ponto de acolchoamento que amarra, com maior ou menor firmeza, os diferentes episódios de uma trajetória. A releitura efetuada por Armleder sobre seu próprio trabalho nos leva a pensar que um dos critérios de julgamento mais seguros seria, assim, para toda e qualquer obra de arte, sua capacidade de se inserir em diferentes relatos e de traduzir suas propriedades; em outras palavras, seu potencial de deslocamento, que lhe permite manter diálogos fecundos com contextos diversos. Em outras palavras ainda, sua radicantidade.

2

Formas-trajeto

"Há uma imaginação que não pode senão suportar todos os que pela estrutura se querem não ludibriados: a de que a vida deles não passa de uma viagem. A vida é a vida do viator. Esses que neste baixo mundo, como eles dizem, estão como que no estrangeiro."

Jacques Lacan

A forma-trajeto (1): expedições e paradas

No dia 9 de julho de 1975, o veleiro de Bas Jan Ader deixa a costa leste dos Estados Unidos, em uma tentativa de atravessar o Atântico que se incluía no âmbito de seu projeto *In Search of the Miraculous* [Em busca do milagroso]. Mas o contato por rádio é interrompido três semanas após sua partida. E em 10 de abril de 1976 as equipes de resgate encontram apenas a embarcação do artista, semi-imersa. O dramático desaparecimento de um dos mais promissores artistas de sua geração fazia eco ao acidente de helicóptero em que outro grande pioneiro, Robert Smithson, falecera três anos antes. O ponto em comum entre eles estava no espírito viageiro e aventureiro, no gosto pelos grandes espaços, que a morte em circunstâncias trágicas vinha acentuar. Essas duas importantes obras encontram, porém, um eco inesperado naquelas de todos esses artistas para os quais a viagem se tornou uma forma artística em si, ou que descobrem nas extensões desérticas e nos *no man's land* da sociedade pós-industrial superfícies de inserção muito mais estimulantes do que aquelas oferecidas pelas galerias de arte – busca já atestada tanto pelas colossais obras *Site Specific* [Específicas para o lugar] produzidas por Smithson nos anos 1960 quanto pelas expedições de Bas Jan Ader.

A viagem é hoje onipresente nas obras contemporâneas, quer os artistas recorram a suas formas (trajetos, expedições, mapas...), iconografia (espaços virgens, matas, desertos...) ou métodos (do antropólogo, do arqueólogo, do explorador...). Se esse imaginário nasce da globalização, da democratização do turismo e dos deslocamentos pendulares, cabe destacar o paradoxo constituído por essa obsessão pela viagem no momento que desaparece toda *terra incognita* da superfície do globo: como se tornar o explorador de um mundo já esquadrinhado pelos satélites e do qual cada milímetro já se encontra cadastrado? E, de modo mais geral, como os artistas podem dar conta do espaço nos quais são levados a viver? A forma da expedição constitui aqui uma matriz, no sentido de que fornece um motivo (o conhecimento do mundo), um imaginário (o histórico da exploração, sutilmente ligada aos tempos modernos) e uma estrutura (a coleta de informações e amostragens por meio de um percurso).

A respeito de seu filme *A Journey That Wasn't* [Uma viagem que não existiu] (2005), que retraça sua expedição na Antártida, Pierre Huyghe insiste no fato de que "a ficção é uma forma de apreender o real"[1]: ela constitui um meio de locomoção que lhe permite produzir um novo saber sobre o mundo contemporâneo e a principal ferramenta para construir uma obra que das formas e metáforas da viagem tira sua forma geral e suas metáforas. O conjunto de obras gerado por essa aventura e seus preparativos constitui um processo cognitivo que se estende por vários anos, baseado em um elemento narrativo, em um boato: uma ilha teria surgido para os lados do polo Sul, onde teria nascido uma criatura singular – um pinguim albino, nascido do aquecimento da Terra. A expedição realizada por

---

[1] George Baker, art. cit.

Huyghe e seus companheiros a bordo de um navio-laboratório que ziguezagueia entre os icebergs em um mar fustigado por ventos glaciais utiliza a ficção como veículo e a viagem como uma forma de *traçado*. Deparamos aqui com um dos princípios segundo os quais Victor Segalen define o *exota*: "Minha viagem", escreve ele de Pequim para Jules de Gauthier, em 1914, "de fato adquire para mim o valor de uma experiência sincera: confrontação, no terreno, entre o imaginário e o real"[2]. Outra de suas virtudes, lembra o escritor, consiste em "ser livre em relação ao objeto que ele sente ou descreve"[3]. O imaginário, a ficção, permitem aqui que Huyghe abra espaços livres na geografia real que está atravessando.

O trabalho de Melik Ohanian implica a "experiência da exploração mais do que a imagem da exploração", esclarece ele. Essa manifestação da aventura se expressa à perfeição em *Island of an Island* [Ilha de uma ilha] (1998-2001), instalação em vários tempos que começa com o relato de um acontecimento: em 1963, a ilha de Surtsey surge ao largo da costa islandesa em decorrência de uma erupção vulcânica. Melik Ohanian irá construir a partir desse fato geofísico uma forma unitária, conectando entre si níveis heterogêneos de discursos e realidades. No espaço *Island of an Island*, coexistem assim: um filme projetado em três telas, mostrando vistas aéreas da ilha vulcânica; no solo, novecentas lâmpadas desenham o traçado de uma planta rara encontrada na ilha, cuja imagem em pontilhado vermelho se reflete nos cinco espelhos convexos pendurados no teto. Na entrada da sala, livros suspensos por meio de fios, formando uma cortina, são deixados à disposição do visitante: *Island of an Island Handbook* compila excertos de estudos científicos e fac-símiles da imprensa islandesa que datam da época da erupção. Dessincronização da História: as anedotas da imprensa estão aqui lado a lado com a análise científica de um universo em estado nascente, literalmente pré-histórico. Ohanian daria prosseguimento a essa

---

[2] Victor Segalen, op. cit., p. 75.
[3] Ibid., p. 51.

investigação das zonas desérticas com *Welcome to Hanksville* (2003), em que o mundo se revela como um palco de filmagem, arquipélago de *terrae incognitae* dentro do qual a arte pode desenvolver roteiros (que se tornam formas) e protocolos de conhecimento.

O grupo Gelitin adotou a forma do deslocamento como modo de produção; a microcomunidade formada por seus quatro membros poderia ser comparada a uma sonda exploratória, dotada de múltiplas ferramentas de apreensão do real, que privilegiria a dimensão material da cultura na escolha de suas temáticas – e o corpo humano (na medida em que sente prazer ou se expõe à experiência) como principal instrumento de conhecimento. No vídeo *Grand Marquis* (2002), várias *performances* pontuam, assim, sua descoberta do México. Em *Nasser Klumpatsch (the Ride)*, que documenta um projeto apresentado em Sófia em 2004, Gelitin põe em movimento o próprio processo da exposição, quando seus integrantes percorrem de mobilete os setecentos quilômetros que separam Viena, onde residem, da capital da Bulgária, onde eram convidados por uma instituição, aproveitando cada etapa para alimentar com formas novas seu destino final. A exposição é o fruto de uma trajetória que as obras pontuam, como anotações em um mapa geográfico.

A dupla formada por Abraham Poincheval e Laurent Tixador é movida por uma ambição similar, levando a lógica experimental ao ponto do perigo físico e mental: cada uma de suas exposições reúne os rastros tangíveis de uma aventura vivida em condições extremas. Assim, eles passaram um mês em uma ilha deserta, na mais absoluta autarcia (*Total symbiose I*, 2001), ou atravessaram a França seguindo uma exata linha reta (*L'Inconnu des grands horizons*, 2002) [O desconhecido dos vastos horizontes]. Em seguida, organizaram uma expedição espeleológica em um túnel cavado por eles próprios, no qual se achavam completamente enterrados (*Horizon moins vingt*) [Horizonte menos vinte] (2008), passaram uma temporada na prisão, armaram sua barraca no telhado de um arranha-céu... Presos entre o *sta-*

tus de suvenir de expedição e o de instrumento científico, os objetos constantes de suas exposições dizem respeito tanto a uma análise balística, a um cálculo de trajetórias, quanto a uma arte de sobrevivência em meio hostil.

Em 2006, Mario Garcia Torres saiu em busca do mítico hotel em que se hospedava Alighiero Boetti em suas viagens a Cabul, o Hotel One: uma forma de desenhar a passagem do tempo... Ele tentou igualmente encontrar todos os estudantes com os quais Robert Barry, então professor em Halifax, partilhara um segredo, que assumia assim o *status* de uma obra de arte conceitual (*What Happens in Halifax Stays at Halifax*) [O que acontece em Halifax fica em Halifax] (2005). Alfred Hitchcock denominava "McGuffin" o objeto inalcançável atrás do qual correm as personagens de seus filmes; o artista viajante considera de bom grado a História como um McGuffin, o ponto de fuga ou o elemento de suspense que permite organizar o desfile das formas.

Cucumber Journey [Viagem com pepino] (2000), de Shimabuku, é uma típica obra do artista japonês, que traça linhas de errância na superfície da Terra a partir de um argumento inicial próximo dos McGuffins hitchcockianos: pretextos para uma colocação em movimento. Para esse trajeto de barco entre Londres e Birmingham, por um canal do século XVIII, Shimabuku usa a fabricação de picles como implicação poética de uma deriva: "Os legumes e pepinos que eu havia comprado frescos em Londres já estavam em conserva quando cheguei em Birmingham. [...] Durante o trajeto as pessoas me deram receitas de picles, e fiquei olhando as ovelhas, os pássaros e as folhas que boiavam na água. E olhando para os pepinos que lentamente iam se transformando em picles"[4]. Poderíamos fazer uma aproximação entre esse projeto e o de Jason Rhoades, *Meccatuna* (2003). Ao contrário de Shimabuku, Rhoades não viajou na companhia dos objetos que deslocava: tratava-se de fazer que um atum vivo efetuasse uma peregrinação a Meca; diante das dificuldades encontradas, porém, Rhoa-

---
[4] *Release* da exposição na galeria Air de Paris, 2003.

des cogita fazer que um sushi de atum realize a viagem, até se contentar, afinal, com um atum enlatado...[5] Esses dois projetos manifestam o duplo sentido da palavra *expedição*, de excursão e de remessa.

Às vezes, ao contrário dessas experiências de errância, o que importa são as coordenadas do percurso, seus pontos de partida e de chegada. Em 23 de junho de 2002, um estranho desfile partia do MoMA de Nova York – fechado por algum tempo para reforma – e se dirigia para seu endereço temporário, no bairro do Queens. Os participantes exibem reproduções de obras da coleção do museu – Picasso, Giacometti ou Duchamp. Essa obra de Francis Alÿs, assim como a marcha que ele organizara pouco antes na região de Lima, no Peru, vincula-se ao gênero da *parada*, que, como lembra Pierre Huyghe, "reencena a ideia da migração". Em Nova York, prossegue ele, as paradas anuais são realizadas, em sua maioria, pelas comunidades de imigrantes que reproduzem simbolicamente o seu êxodo[6]. A marcha coletiva representa, assim, o equivalente temporal do monumento: trata-se de um *replay*, ou melhor, de um *reenactment*, do recorte de um momento histórico de que os atores se servem como de uma partitura livre a fim de criar uma imagem em movimento.

A forma e a iconografia do desfile ou da manifestação, tão frequentemente utilizadas desde o início dos anos 1960, remetem a um evento que deve ser celebrado ou reivindicado para servir de base ao presente. Ao recrutar crianças que carregam cartazes e gritam o *slogan* "No More Reality" [Basta de realidade], Philippe Parreno reivindica a intrusão da ficção e do efeito especial nos protocolos de constituição da realidade comum (*No More Reality 2*, 1991). Três anos depois, em parceria com Carsten Höller, ele recorre

---

[5] "*Meccatuna* (2003), de Nova York, começou com a ideia, muito simples, de levar um atum vivo numa peregrinação a Meca. Pensei em como fazer isso, se seria possível ou não, e na verdade era difícil. Para manter o atum vivo, é preciso mantê-lo nadando. Mas eu achava que seria muito bonito levar um atum para Meca. Pensei então num sushi de atum, mas também era muito difícil. Então acabou sendo atum enlatado. Isto foi o que eu realizei para a exibição em Nova York" ("Conversation with Michele Robecchi", *Contemporary*, n. 81).

[6] George Baker, art. cit.

mais uma vez à forma da manifestação, dessa vez em prol da libertação de um "ser" aparentemente monstruoso cuja identidade permanece enigmática[7]. Concebida para expressar demandas coletivas, a manifestação torna-se aqui a projeção de desejos individuais, o signo de uma atomização das reivindicações e dos relatos: sob a imagem da multidão em marcha, as legendas são redigidas por autores individuais. Na época modernista, pelo contrário, o indivíduo podia se sentir levado pela mensagem de um grupo. Na utilização que fazem desse tema Alÿs, Huyghe, Parreno ou Jeremy Deller (que organizou uma parada das minorias durante o vernissage da Manifesta *2004* em San Sebastián), o que conta é colocar em movimento um princípio, ativar uma estética. Um grupo se põe em marcha, criando uma imagem ao apartar-se da multidão e sendo observado por essa mesma multidão.

O que ressalta dessa proliferação de projetos nômades ou expedicionários na arte contemporânea é a insistência no deslocamento: em face de representações congeladas do saber, os artistas acionam esse saber construindo mecânicas cognitivas produtoras de distanciamento, de afastamento em relação às disciplinas instituídas e de colocações em movimento dos conhecimentos. A globalização oferece uma imagem complexa do mundo, fragmentado por particularismos, fronteiras políticas, ao mesmo tempo que cria uma única zona econômica. Os artistas de hoje percorrem essa extensão e inserem as formas que produzem em redes e linhas: nas obras que hoje geram efeitos de saber, o espaço contemporâneo é mostrado como uma extensão quadridimensional na qual o tempo é uma das coordenadas do espaço. Observamos esse aspecto em obras como as de Rirkrit Tiravanija, que duplica e reconstrói sumariamente os locais em que passou temporadas (*Apartment 21, Tomorrow Can Shut Up and Go Away*) [Apartamento 21, o amanhã pode se calar e ir embora], ou ainda na de Gregor Schnei-

---

[7] Carsten Höller e Philippe Parreno: exposição "Innocent et emprisonné: 'Mais ce que vous avez à me reprocher c'est que j'ai abandonné mon premier amour.'" ["Inocente e aprisionado: 'Mas o que vocês criticam é eu ter abandonado o meu primeiro amor.'"], Galeria Air de Paris, 1994.

der, que amplia sua casa segundo as dimensões do passado e do futuro, transformando-a num interminável canteiro de obras. Mais uma vez, o espaço é aí considerado como inseparável do tempo. Essa imbricação, e as diferentes figuras que ela gera, constitui a base dessa estética da expedição.

A forma-trajeto (2): topologia

A viagem não é, portanto, um mero tema da moda, e sim o signo de uma evolução mais profunda, que afeta as representações do mundo onde vivemos e nosso modo de habitá-lo, concreta ou simbolicamente. O artista tornou-se o protótipo do viajante contemporâneo, o *Homo viator*, cuja passagem através dos signos e formatos remete a uma experiência contemporânea da mobilidade, do deslocamento, da travessia. A pergunta é, portanto: quais são as modalidades e as figuras dessa *"viatorização"* das formas artísticas?

A viagem tornou-se uma forma em si, portadora de uma matriz visual que vem aos poucos substituir a frontalidade publicitária do pop ou a enumeração documental da arte conceitual, para citar dois formatos ainda amplamente em vigor na arte atual. O surgimento do trajeto como princípio de composição tem sua fonte em um conjunto de fatos ligados a uma sociologia de nosso ambiente visual: a globalização, a banalização do turismo, assim como a irrupção da tela do computador na vida cotidiana, que podemos datar dos anos 1980 mas que se acelerou a partir do início dos anos 1990, com a explosão da internet. Com a prática do *websurfing* e da leitura por meio de links de hipertexto, a rede gerou de fato práticas específicas, que repercutem nos modos de representação e de pensamento. Tal modo de visualidade se caracteriza pela presença simultânea de superfícies heterogêneas, que o usuário interliga mediante um plano de navegação ou uma exploração aleatória. O percurso mental proposto por essa ferramenta, em meio a uma profusão de links, arquivos dispostos na superfície da tela ou ocultos atrás de interfaces, *banners* e *pop-ups*, introduz uma maneira cinética de elaborar objetos que poderia perfeitamente fundamentar a escrita visual de nossa época: a *composição pelo trajeto*.

De modo mais geral, nosso universo globalizado requer novas formas de registro e apresentação: nossa vida cotidiana se dá, direta ou indiretamente, em um plano mais amplo e depende doravante de entidades transnacionais. A figuração dos espaços não estáticos implica a construção de novos códigos capazes de captar as figuras dominantes do nosso imaginário (a expedição, a errância, o deslocamento), operação que não consiste simplesmente em acrescentar um vetor de velocidade em paisagens congeladas. As trajetórias cognitivas imaginadas ou vividas pelos artistas deste início de século XXI podem ser restituídas por formas hipertextuais, composições cujo *desenrolar* permite colocar em ressonância as temporalidades, os espaços e as matérias heterogêneas que constituem os procedimentos empregados por eles ou elas. Na maioria das obras de Pierre Huyghe, Liam Gillick, Mike Kelley, Francis Alÿs ou Tacita Dean, para citar apenas alguns artistas exemplares dessa evolução, a forma da obra expressa uma trajetória, um percurso, mais do que um espaço ou um tempo fixos. O dar forma passa aqui pela composição de uma linha de fuga ou mesmo de tum programa de tradução mais do que pela elaboração de um plano ou volume: deixamos aqui o campo da geometria euclidiana para abordar o campo da topologia.

A topologia é um ramo da geometria em que não se mede nada e não se comparam quantidades entre si. Em compensação, estabelecem-se invariantes qualitativos de uma figura, deformando-a, por exemplo, como se faz ao dobrar uma folha de papel ou ao transferir um objeto de uma dimensão para outra a fim de verificar se subsistem algumas constantes depois dessa mudança de dimensão. Examinam-se as beiradas dessas superfícies: o que constitui sua estrutura? Durante os últimos anos de seus seminários, entre 1972 e 1980, Jacques Lacan resolve reformular os termos de sua docência recorrendo a figuras topológicas, lançando mão de *banda de Möbius*, de *nós borromeanos, toros* ou *garrafas de Klein* como "matemas" úteis ao seu empreendimento de formalização do inconsciente. Se o objeto (a), a abertura em volta da qual "giram" as formações do inconsciente, constitui o primeiro termo da cadeia desejante que se forma em cada indivíduo (origem de seu circuito pulsional), o inconsciente lacaniano poderia ser esquematizado como uma cadeia de significantes (continentes, sintomas...) sob a qual vêm se esgueirar os significados, por intermédio de objetos mentais que fazem o papel dos "pontos de acolchoamento" usados pelo tapeceiro. Através da topologia, Lacan procura elaborar uma cartografia do inconsciente.

Os trabalhos de Thomas Hirschhorn, Jason Rhoades, Rirkrit Tiravanija ou John Bock, embora de natureza muito diferente, apresentam, porém, uma característica comum: a dispersão espaço-temporal de suas componentes. Revela-se ao espectador que nenhuma forma imediatamente detectável (seja ela geométrica ou orgânica), nenhum acordo cromático e nenhum contorno aparente vem organizar o que parece ser uma junção aleatória de elementos díspares. É necessário penetrar nas instalações, entrar na lógica interna que estrutura o espaço da obra. Percebe-se então um fluxo que se manifesta, no interior do qual o visitante pode, ele próprio, organizar as formas ao sabor de seu percurso. Essa ideia da exposição como "espaço fotogênico" que um espectador-ator viria recortar em sequências foi brilhantemente introduzida pelo projeto *Ozone* (1989), série de exposições produzida por Dominique Gonzalez-Foerster, Bernard Joisten, Pierre Joseph e Philippe Parreno em torno da imagem do "buraco na camada de ozônio", considerada uma "pilha iconográfica" capaz de alimentar um projeto coletivo e *in progress*. Essa figura do visitante ativo se generalizou, porém de forma implícita: assim, em uma instalação de Thomas Hirschhorn, vamos literalmente extrair, vasculhar, reunir pessoalmente os fragmentos expostos em um espaço saturado.

A arte minimalista insiste na experiência fenomenológica que o espectador era induzido a viver: colocava em questão o espaço que a cerca, assim como o saber que permite ao espectador identificar uma obra de arte. Em uma exposição de Jason Rhoades ou de Thomas Hirschhorn o espectador é solicitado por todos os lados: é impossível para ele abarcar em um só olhar a totalidade da instalação, ficando inclusive manifesto já de saída que ele não poderá ver tudo. Ele se acha em presença de uma corrente caótica de signos que excede sua capacidade de dominar o espaço dentro do qual se encontra: está enredado em uma forma--trajeto, arrastado em uma linha espaço-temporal que vai além da noção tradicional de ambiente. *24 heures Foucault*, de Thomas Hirschhorn (2003), jogava com esse excesso: na gigantesca instalação que continha uma impressionante quantidade de informações era possível consultar a totalidade das aparições de Michel Foucault no rádio e na televisão, uma pilha impressionante de documentos visuais, e suas obras completas estavam dispostas ao lado de um exército de fotocopiadoras; diferentes oradores, enfim, sucederam--se hora após hora na sala de conferências situada no centro do dispositivo, desde sábado ao meio-dia até domingo ao meio-dia... A forma-trajeto define-se primeiramente pelo excesso de informações, que obriga o espectador a entrar em certa dinâmica e construir um percurso pessoal.

Se os trabalhos de Jason Rhoades e Thomas Hirschhorn lograram assim uma repercussão imediata, é também porque seu princípio de composição joga com essa saturação de que nossa época intuitivamente se reconhece tributária. Amplos *displays* de elementos heteróclitos, vez ou outra agrupados por série, por afinidade – ou, no caso de Hirschhorn, em torno de um nome próprio de autor –, sem que seja de fato perceptível alguma ordem estrutural... Tais obras inauguram um regime específico do signo: para além da serialidade pop/minimalista dos anos 1960 e das fragmentações dos anos 1980, elas põem em cena um efeito de *massa crítica visual* através da acumulação caótica de informações e formas produzida pela indústria. Tais signos convivem lado a lado, agrupam-se em conjuntos de dados, tornam a se dividir no espaço, irrompem na rua. Vale dizer que já não há nada em comum entre esse tipo de aglomeração e os agrupamentos de objetos efetuados por Arman nos anos 1960 ou as composições mecânicas de Jean Tinguely, sempre próximas do antropomórfico. Em contrapartida, a forma-trajeto contemporânea combina as formas da ruína (a cultura após o relato modernista) com a do mercado de pulgas (a economia *e-bay*) em espaços não hierarquizados e não específicos (o capitalismo mundializado).

A *forma-trajeto* abarca a unidade de um percurso, dá conta de um encaminhamento ou o duplica: através de um princípio de composição baseado em linhas traçadas no tempo e no espaço, a obra se desenvolve (tal qual o inconsciente lacaniano) como um encadeamento de elementos articulados entre si – e não mais na ordem de uma geometria estática que assegure sua unidade. Essa concepção espontânea do espaço-tempo, que encontramos nas obras dos artistas mais inovadores de nossa época, se origina em um imaginário nômade que considera as formas em movimento e em relação com outras formas; um imaginário em que tanto a geografia como a história representam territórios a serem percorridos. "*Mobilis in mobili*", móvel em meio aos móveis: essa era a divisa do capitão Nemo de Júlio Verne... A iconografia do deslocamento global encontra seu ponto de ancoragem nos fluxos caóticos dessas formas-trajeto. Seu aparecimento, porém, corresponde igualmente a uma época em que a *multiplicação* se torna a operação mental dominante: depois da *subtração* radical do modernismo incipiente, depois das *divisões* analíticas da arte conceitual em busca dos fundamentos da obra de arte, depois do ecletismo pós-moderno e sua figura central da *adição*, nossa época se vê assombrada pelo múltiplo. Saberes e formas são trabalhados pela hibridação, que supostamente gera seres e objetos produzidos pela multiplicação. Uma simples navegação pela internet em busca de uma informação deixa entrever esse império imaginário do múltiplo: cada site explode numa miríade de outros sites, a rede é uma máquina conectiva proliferante. E a arte dos anos 2000, cuja base formal é constituída por conexões e linhas em tensão, representa cada vez menos o espaço como extensão tridimensional: se o tempo não é um atributo do espaço (Henri Bergson deu fim a essa ideia), permite, em compensação, que ele seja multiplicado ao infinito. A proliferação passa a ser uma das dimensões do espaço-tempo contemporâneo: é preciso desobstruir, vazar, eliminar, criar seu próprio caminho dentro de uma floresta de signos. As componentes de uma forma-trajeto não estão necessariamente reunidas em um espaço-tempo unitário. Ela pode remeter a um ou vários elementos ausentes, fisicamente distantes, passados ou futuros. Pode ser constituída por uma instalação conectada com eventos posteriores ou com outros lugares; pode, pelo contrário, reunir em um mesmo espaço-tempo as coordenadas estouradas de um percurso. Em ambos os casos a obra de arte se apresenta na forma de um desdobramento, de uma disposição de sequências que geram dúvida sobre sua presença objetiva e fazem cintilar sua "aura". A obra transforma-se, então, em índice de um itinerário. *Park – A Plan for Escape*, de Dominique Gonzalez-Foerster, atende a essa definição. "Não dá nem para dizer claramente onde começa ou acaba", comenta a artista. "Atrás daquela árvore, além daquela nuvem?"[8] Tobias Rehberger cria esculturas que exploram a distância geográfica: *Traballant/Trabajando/Arbeitend* (2002) é constituída por uma luminária de acrílico exposta em Barcelona que se apaga quando o artista deixa seu ateliê de Frankfurt. E o trabalho de Gregor Schneider, centrado na transformação de sua casa em um canteiro de obras labiríntico e obsessivo, mostra em suas exposições elementos documentais sobre uma obra situada alhures. Na maioria de suas obras, Philippe Parreno joga com as modulações do espaço-tempo: assim, *The Boy from Mars* [O garoto de Marte] (2003) apresenta-se como um DVD descartável que só é assistido uma única vez e documenta um projeto arquitetônico realizado na Tailândia; *Battery House* [Casa da Bateria], um espaço público alimentado em energia pela força motriz de búfalos ou elefantes. Depois

---

[8] Daniel Birnbaum, *Chronologie*, Dijon, Presses du Réel, 2007, p 89.

deparamos com o mesmo projeto na forma de um pôster fosforescente ou de uma placa luminosa. Qual o local da obra? É múltiplo e formado pelo conjunto articulado de seus modos de aparecimento.

Quando passa uma temporada em algum lugar do mundo, Franz Ackermann o reconstitui em um "mapa mental" que integra, para além de elementos meramente cartográficos, recordações e anotações pessoais. Essas formas e dados são posteriormente integrados em grandes composições pictóricas que às vezes se desenvolvem em volume e estruturam o espaço da exposição. Herdeiro da psicogeografia criada pelos situacionistas, Ackermann retrata uma experiência do espaço do nosso tempo: a invenção de uma pintura transformada em topografia, com o GPS conectado à tinta; Ackermann traça formas-trajeto no intuito de compor um atlas da mutação dos espaços urbanos. Seus quadros se constroem a partir de uma malha de mapas coloridos em que há uma imbricação maior ou menor, alternadamente fluidos e angulosos, sobre a qual se destacam fragmentos de figuras tiradas de uma rede de linhas sinuosas. Em suas instalações uma tela será ligada a uma estrutura metálica, prolongada por objetos, fotografias, desenhos. Uma exposição de Franz Ackermann lembra, assim, uma tela de computador em três dimensões em cuja superfície teriam sido abertos diversos arquivos, janelas para dados heterogêneos a respeito de um lugar. A pintura contemporânea parece instigada por essa vontade de representar a experiência do espaço vivido pelo indivíduo contemporâneo, mediante o cruzamento de redes espaciais e temporais, as figuras da *malha* e dos planos sobrepostos. Tal ambição coincide com a do cartógrafo na era do GPS, que acrescenta às imagens de satélite os fluxos de comunicação e as vias de transporte que constituem a realidade do território de fato percorrido pelo indivíduo. Em um espaço humano já inteiramente esquadrinhado e saturado, toda geografia se torna uma psicogeografia – ou mesmo um instrumento de *geocustomização* do mundo.

Tal intuição habita a pintura de artistas tão distintos como Michel Majerus (morto acidentalmente em 2002), Miltos Manetas, Matthew Ritchie e Julie Mehretu. O tema da obra de Majerus era o espaço urbano, visto a uma certa velocidade: suas ampliações de logos ou detalhes de embalagens industriais varridos por pinceladas expressionistas, misturados em monumentais composições que rivalizavam com os painéis eletrônicos gigantes das megalópoles asiáticas, traçavam uma espécie de cartografia emocional do consumismo. A pintura de Manetas, por sua vez, procede como que mecanicamente do espaço oferecido pela internet: a paisagem da técnica vem mesclar-se à realidade afetiva do indivíduo, cuja experiência total tanto parece ser filtrada pela tela como gerada por ela. Matthew Ritchie, a partir de uma cosmogonia imaginária advinda de uma decomposição da realidade química do mundo, emprega um vocabulário pictórico abstrato para compor um vasto afresco quântico que reencanta a ciência. Quanto a Julie Mehretu, suas telas sobrepõem diferentes estratos de representação do espaço arquiteturado em que nos movemos, criando assim o equivalente contemporâneo dos ambiciosos projetos topográficos do século XIX – de que o jovem William Turner, por exemplo, foi um dos atores no Reino Unido. A *forma-trajeto* pictórica possui, em duas dimensões, as características do mapa geográfico e, em três dimensões, as da fita ou mesmo da banda de Möbius: de um lado, a pintura cria seu espaço transpondo informações sobre a tela; de outro, o visitante move-se ao longo de um fluxo que se deslinda como um texto estourado.

"Os aborígenes não concebiam o território como um pedaço de terra delimitado por fronteiras, e sim como uma rede de 'linhas' e vias de comunicação entrecruzadas. Todas as palavras que utilizamos para significar 'país'", diz ele, "são as mesmas que significam 'linhas'."[9] O escritor Bruce Chatwin introduzia assim sua descrição dos *walka-*

---

[9] Bruce Chatwin, *Le Chant des pistes*, in *Œuvres complètes*, Paris, Grasset, 2005, p. 661. [Edição brasileira: *O rastro dos cantos*, trad. Bernardo Carvalho, São Paulo, Companhia das Letras, 1996.]

bout praticados pelos aborígenes australianos, cuja assimilação pelo Ocidente poderia originar uma legítima revolução topográfica. O *walkabout* é uma viagem ritual em que o aborígene anda nas pegadas de seus antepassados e "canta o país" ao percorrê-lo: cada estrofe recria a criação do mundo, porque os antepassados criaram e nomearam as coisas através do canto. "O que os brancos costumavam chamar de *walkabout*, a 'viagem pelo país'", escreve Chatwin, "era na prática uma espécie de bolsa-telégrafo silvestre por meio da qual eles faziam circular mensagens entre pessoas que nunca se viam e que podiam não saber da existência uma da outra."[10] Como não ver, na visão de espaço revelada pelo *walkabout*, uma bela metáfora da exposição de arte contemporânea e o protótipo da forma-trajeto? A topografia, tão utilizada pelos artistas atuais, define um lugar pictórico voltado para os deslocamentos reais do espectador na vida cotidiana. A marcha constitui um texto em si, que a obra de arte traduz para a língua da topologia.

Embora o radicante componha uma linha, ele não se reduz a uma linearidade unidimensional. Se o ego tem por função unificar as diferentes linhas perceptivas e cognitivas de um indivíduo, sabemos que este, instrumentalizado por tecnologias que modificam profundamente sua experiência do espaço-tempo, não pode ser reduzido nem à clássica definição de sujeito nem a um relato monográfico linear. A arte atual mostra-nos como podemos reorganizar a matéria vivida através dos dispositivos de representação e produção correspondentes à emergência de uma nova subjetividade, que exige modos próprios de representação. É a pergunta que se faz Doug Aitken: "Como ultrapassar essa ideia de linearidade, que é constantemente reforçada? Como fazer que o tempo se comprima ou se estenda, e que não mais apenas se desdobre de modo tão estreito?".[11] A forma-trajeto, mesmo que expresse uma trajetória, põe em crise a linearidade ao injetar tempo no espaço e espaço no tempo.

---

[10] Ibid., p. 661.
[11] Saul Anton e Doug Aitken, "A thousand words", *Artforum*, maio de 2000.

Forma-trajeto (3): Bifurcações temporais

Poderíamos propor a ideia de que, na representação imaginária que um indivíduo deste início do século XXI tem do mundo, o espaço e o tempo chegaram ao ponto de se confundirem e intercambiarem suas propriedades. Sabe-se que o tempo se identifica espontaneamente com a *sucessividade* e o espaço, com a *simultaneidade*: ora, repetindo, vivemos em um tempo em que nada mais desaparece, em que tudo se acumula por obra de um arquivamento frenético; tempos ou modas deixaram de se suceder e coexistem sob forma de *tendências* de curta duração, em que estilos não mais representam marcadores temporais, e sim deslocamentos efêmeros que ocorrem indiferentemente no tempo ou no espaço. O *hype*, ou a moda miniaturizada... Para o modernismo, o passado representava a tradição que o novo vinha fatalmente suplantar. Para o pós-moderno, o tempo histórico fazia as vezes de catálogo ou repertório. Hoje o passado se define em termos territoriais: viajamos, muitas vezes, para mudar de época. Em um movimento inverso, consultar um livro de história da arte remete a uma geografia dos estilos e técnicas contemporâneas. No passado uma ciência se fundamentou nessa projeção do tempo sobre o espaço: a antropologia. Às diversas zonas do planeta correspondem sequências temporais, de modo que "aquele lugar" se transforma espontaneamente em "naquele tempo"[12]. O turista contemporâneo não busca, antes de mais nada, um estranhamento temporal através da distância geográfica? E será que o fascínio que hoje em dia exerce sobre os artistas a cidade de Berlim, por exemplo, não advém dessa coexistência, em um mesmo espaço, de duas linhas históricas distintas, a da democracia popular alemã e a da República Federal? Segundo Claude Lévi-Strauss, "uma viagem se insere simultaneamente no espaço, no tempo e na hierarquia social"[13]...

---

[12] Johannes Fabian e J. Faber, *Time and the other: how anthropology makes its objects*, Nova York, Columbia University Press, 1983. Citado por Hal Foster, op. cit., p. 220.

[13] Claude Lévi-Strauss, *Tristes Tropiques*, op. cit., p. 68.

Estética borgiana: a obra do escritor argentino contém inúmeras alusões à espacialização do tempo, sua natureza labiríntica e não linear, bifurcante. Na esteira do bispo Berkeley, Jorge Luis Borges considera o movimento temporal como indo do futuro em direção ao passado – e logo, como uma perpétua fabricação do passado... Em seu conto "Tlön, Uqbar, Orbis Tertius", ele imagina uma civilização cujos habitantes teriam desenvolvido uma relação original com a metafísica: "Para eles, o mundo não é uma reunião de objetos no espaço; é uma série heterogênea de atos independentes. É sucessivo, temporal, não espacial"[14]. Produzir, descobrir e exumar são ali uma única e mesma coisa, a tal ponto que os arqueólogos de Tlön podem tanto inventar os objetos que expõem como de fato desenterrá-los. Acaso não se fazem *descobertas* no passado tanto quanto no presente? A arte contemporânea aproxima-se, aparentemente, do pensamento dos filósofos de Tlön. Nas relações complexas que muitos artistas hoje mantêm com a História, e uma vez homologado o fim da corrida para o "novo" que vertebrava o relato das vanguardas artísticas, uma *descoberta* formal, uma aproximação entre o passado e o presente são hoje tão valorizadas quanto uma antecipação da arte do futuro – dado que, paradoxalmente, esse tipo de exercício pertence também ao passado, e a ideia de uma arte do futuro, à elaboração do presente.

Se o tempo hoje em dia se espacializou, a forte presença da viagem e do nomadismo na arte contemporânea remete à nossa relação com a História: o universo é um território cujas dimensões são todas, tanto as temporais quanto as espaciais, passíveis de ser percorridas. A relação dos artistas contemporâneos com a história da arte se dá hoje em dia sob o signo do deslocamento, mediante o uso de formas nômades ou a adoção de vocabulários vindos de "alhures". O passado está sempre presente, desde que aceitemos nos mover dentro dele. Tomemos como exem-

---

[14] Jorge Luis Borges, "Tlön, Uqbar, Orbis Tertius", in *Œuvres complètes*, t. 1, Paris, Gallimard, 1993, p. 457 (coleção Bibliothèque de la Pléiade.) [Edição brasileira: Obras Completas, São Paulo, Globo, 1998.]

plo o projeto de expedição na Antártida empreendido por Pierre Huyghe em 2002: se examinarmos as formas geradas por ele (desde as fotografias preparatórias até a apresentação da comédia musical A *Journey That Wasn't* em Nova York, três anos depois), perceberemos que o pano de fundo iconográfico desse ciclo de obras comporta inúmeras referências históricas, desde a idade de ouro das viagens de descobrimento até as circunstâncias da invenção do fonógrafo... A *forma-trajeto* é uma forma-direcionamento, um operador de conexões entre o tempo e o espaço. E em Pierre Huyghe é uma combinação dos dois, pela elaboração de estruturas expositivas articuladas por meio de um encadeamento que dá ao objeto o aspecto de um evento em andamento ao mesmo tempo que cria espaços por meio de materiais temporais.

Viagem através do espaço ou da História? Em 1998 Rirkrit Tiravanija organizou uma expedição de um mês em um *motor-home*, percorrendo os Estados Unidos na companhia de cinco estudantes de arte tailandeses que nunca haviam estado lá. O périplo os conduziu através do país, de leste a oeste, pontuado por visitas a locais míticos da cultura americana, tais como o Grande Canyon, Disneylândia, Las Vegas, a residência de Elvis Presley em Graceland, a casa natal de Abraham Lincoln e a Kent State University. Durante o percurso, Tiravanija e sua equipe atualizaram um website constantemente e produziram vídeos, depois levando de volta para a Filadélfia o conjunto das informações e imagens assim coletadas[15].

O artista radicante constrói assim seus percursos tanto dentro da História quanto da geografia. À radicalidade modernista sucede-se, assim, uma subjetividade radicante, que poderíamos definir como sendo uma nova modalidade de representação do mundo: um espaço fragmentário em que o virtual e o real se confundem, para o qual o tempo constitui uma dimensão suplementar do espaço. Essa unificação é, porém, muito parecida com o objetivo último

---

[15] Exposição realizada no âmbito de um programa intitulado "Museum studies 4", Museum of Philadelphia, abril-maio de 1998.

do capitalismo globalizado: traduzido em termos econômicos, trata-se de um imenso mercado comum, de uma zona franca não segmentada por fronteira alguma. Pois o tempo e a História, tal como as fronteiras, são agentes discriminadores, fatores de divisão, elementos perturbadores que a lógica da globalização tende a atenuar, diluindo-os no espaço sem asperezas da livre-troca. Qual a única solução que resta aos artistas para não contribuir com esse projeto de edulcoração cultural global? Aquela que consiste em ativar o espaço através do tempo e o tempo através do espaço: reconstituir simbolicamente linhas de ruptura, divisões, cercas, passagens, ali onde se instaura o espaço fluidificado da mercadoria. Em suma, produzir cartografias alternativas do mundo contemporâneo e processos de *filtragem*.

Stories Are Propaganda [Histórias são propaganda política] (2005), um filme de Philippe Parreno e Rirkrit Tiravanija, nasce de uma errância em redor de Cantão, a região mais urbanizada da China."É uma viagem através de uma paisagem urbana infinita", explicam os artistas. "Uma série de sinais que representam os fragmentos de um mundo paralelo, uma impressão de periferia. [...] Uma informação que se ilumina uma vez e desaparece."[16] Assim, o filme compõe-se de imagens fixas – um espetáculo televisivo, um coelho albino, um boneco de neve feito com areia... Tal como na série de pôsteres fosforescentes que Philippe Parreno intitulou *Fade to Black* [Desbotar até o preto], o tempo da leitura é limitado, e a imagem, piscante, se esvanece rapidamente. A trilha sonora mostra a voz de uma criança lendo um texto que descreve uma época pretérita, de "antes da globalização do cappuccino, do sushi e da rúcula / Quando uma em cada duas pessoas não era um herói/ Antes que tivéssemos uma identidade *online*/ Antes que a música fosse a trilha sonora de nossa existência..." Mais uma vez o deslocamento espacial vem acompanhado de uma viagem através do tempo... Quanto à instalação propriamente dita, lança mão dos códigos obsoletos do ci-

---

[16] Estas linhas, assim como a citação seguinte, foram tiradas do folheto que acompanha o filme, em que consta o texto dito pela voz em *off*.

nema de bairro (uma cortina de veludo vermelho que se abre manualmente), mas entra em contradição visual com a inscrição do título na superfície da cortina: um *tag*. No final do filme, a cortina torna a ser fechada e o tempo da projeção encerra-se sobre si mesmo.

Os produtos industriais, como os materiais naturais, representam vetores privilegiados para essas viagens na quarta dimensão. Simon Starling, arqueólogo das relações entre o mundo do modernismo e a natureza, é um desses artistas que expõem a *traçabilidade* das coisas, analisando as constituintes sociais e econômicas do ambiente que nos cerca. *Rescued Rhododendrons* (1999) o levou assim a transportar, dentro de um carro sueco (um Volvo), sete mudas de rododendro desde o norte da Escócia até o sul da Espanha, refazendo em sentido contrário a "migração" dessa planta, introduzida em 1763 por um botânico sueco... Com *Flaga, 1972-2000* (2002), Starling percorreu a bordo de um Fiat 126 fabricado em 1974 um trajeto de 1.290 quilômetros entre Turim, sede da Fiat, e a cidade polonesa de Cieszyn, onde eram então manufaturadas algumas peças desse modelo de automóvel. De volta a Turim, Starling desmontou o motor do carro, então repintado de vermelho e branco, as cores da bandeira polonesa, e pendurou-o no muro, depois de "informado" sobre o trajeto que o fizera percorrer. Ao mandar buscar pau-de-balsa no Equador para construir a maquete de um avião francês na Austrália, ao transportar um cacto espanhol até Frankfurt, Starling cria um modelo de trocas e exportações, cartografando os modos de produção com desenhos executados dentro da própria realidade. Elogio da metamorfose, da transformação permanente: ele desmonta uma cabana para transformá-la em um barco, a bordo do qual navega pelo Reno (*Shedboatshed*); ao percorrer um deserto espanhol em uma bicicleta cujo motor evacua água, serve-se dessa água para produzir uma aquarela que representa um cacto (*Tabernas Desert Run*).

Encontramos a forma-trajeto, mesclando as duas dimensões de percurso geográfico e da viagem através do tempo, na obra de Joachim Koester, para quem "nada é mais instrutivo do que uma confusão de contextos temporais". Por essa ótica, ele segue o rastro de personagens históricas ou fictícias a fim de elaborar, a partir dos materiais coletados ao longo desses percursos aventureiros, obras complexas que, pela complexidade de suas formas, vão além da história trivial[17]. Para *From the Travel of Jonathan Harker* (2003), ele retraça a viagem da personagem criada por Bram Stoker em *Drácula*, só encontrando na Transilvânia, à guisa de rastros deixados pelo romance e pela História, um vago "Hotel Castle Dracula". *Message from Andree* (2005), uma instalação ambiciosa, tem por tema uma expedição ao polo Norte empreendida em 1897 pelo sueco Salomon Andree e sua equipe, cujo balão dirigível se espatifou na banquisa, condenando os exploradores a morrer de fome e frio. As fotografias tiradas por um deles, Nils Strindberg, foram encontradas 32 anos mais tarde, e Koester transcodificou-as para chegar a um filme estranho, um monocromo branco ofuscante atravessado por uma chuva de fantasmagóricas manchas pretas e cinzentas, listras, raios de luz – o que restou das imagens capturadas mais de um século antes. Não longe dali, uma imagem de arquivo mostra o dirigível alçando voo, evocação dos sonhos de expedições que pontuam o século de Júlio Verne e Livingstone, mas também um trabalho genealógico sobre a nossa nostalgia das *terrae incognitae*.

A expedição tem duas facetas: a descoberta de novos territórios (o modelo colonial, que acompanha a apropriação) e a missão arqueológica, que adquire hoje uma real importância por representar uma relação específica com o tempo: é o presente rumo ao passado, em busca de sua história.

De certa forma, a expedição arqueológica procura o tempo dentro do espaço, e é esse o motivo por que constitui uma metáfora operatória para diversas obras contemporâneas. Em seu livro *Formes du temps* [As formas do tempo], publicado em 1962, o historiador de arte George Kubler

---

[17] Joachim Koester, "Lazy Clairvoyants and Future Audiences: Joachim Koester in Conversation with Anders Kreuger", *Newspaper Jan Mot* 43/44 (agosto de 2005), não paginado.

define com premonitória lucidez esse novo campo de investigação: "Em vez de dispor de um campo infinito de formas, como ainda é o caso nos dias de hoje, o artista tende a pensar que nos veríamos em um universo de possibilidades limitadas, mas que vastas zonas deste universo continuariam inexploradas – um pouco como eram as zonas polares antes da instalação humana –, e que tais zonas inexploradas ainda permitiriam a aventura e a descoberta. [...] Em vez de considerar o passado como uma parte microscópica do tempo em face de um futuro ilimitado, teríamos, então, de imaginar um futuro cujas possibilidades de mudança seriam limitadas, mas teríamos igualmente de examinar seus significados no passado"[18]. O artista-explorador é o pioneiro dessa relação espacializada com a História.

Outro escritor do século XX representa uma figura-chave: Winfried G. Sebald. Suas narrativas o mostram vagando em um espaço literário ambíguo em que se mesclam ficção e documentário, poesia e ensaio erudito. Sebald disseminava em seus livros fotografias em preto e branco, não legendadas, que é difícil não aproximar da arte contemporânea. Através de longas deambulações pela Europa, da Escócia até os Bálcãs, Sebald mostra de que modo a memória de pessoas e acontecimentos do passado assombra nossas vidas e constrói o espaço que nos cerca. A experiência da viagem representa para ele um acesso privilegiado à memória: desse modo, ele resgata os vestígios da História nas construções, nos museus, nos monumentos, assim como nos quartos de hotéis ou nas conversas com os indivíduos com os quais depara. A história de Liam Gillick, *Erasmus Is Late* [Erasmo está atrasado] (1996), que apresenta o irmão libertário de Charles Darwin em meio a diferentes personalidades da Inglaterra vitoriana, constitui um passeio similar em uma Londres ao mesmo tempo passada e presente. É lícito dizer, aliás, que toda a obra de Gillick é uma câmara de eco em que dialogam os procedimentos estéticos das vanguardas e a

---
[18] George Kubler, *The Shape of Time*, 1962. [Edição portuguesa: *A forma do tempo*, trad. José Vieira de Lima, Lisboa, Vega, 1991.]

história do mundo do trabalho, através de uma densa rede de formas e textos. Recordar, tanto nos livros de Sebald como nas exposições de Gillick, nunca se reduz ao ato de narrar: o passado se reconstrói mediante uma paciente coleta de detalhes visuais ou linguísticos.

Se os vídeos de Jun Nguyen Hatsushiba se desenrolam em um meio subaquático, é por motivos ligados à própria estrutura da memória. Com o projeto de edificar monumentos em comemoração a determinados eventos históricos, desde a guerra do Vietnã até a catástrofe ecológica de Minamata, Hatsushiba constrói complexas coreografias executadas por mergulhadores. Em *Happy New Year: Memorial Project Vietnam 2* (2003) [Feliz ano-novo: projeto memorial do Vietnã 2], as profundezas submarinas participam da dimensão alegórica da obra, associando o passado a um meio irrespirável e vagamente onírico no qual é preciso imergir. Mas elas representam sobretudo um deserto no fundo do qual o ser humano deve importar suas ferramentas, signos e símbolos: um vazio. W. G. Sebald, ao comparar nosso presente com as antigas sociedades rurais, quando a conservação do mínimo objeto era vital para guardar o passado e transmitir a memória, escreve que "precisamos sem cessar jogar o lastro ao mar e esquecer tudo o que nos seria possível lembrar: nossa juventude, a infância, nossas origens, nossos antecessores e antepassados"[19].

Poderíamos enxergar na magia subaquática de Jun Nguyen Hatsushiba uma aplicação espontânea dessa teoria: a evocação do passado implica despojá-lo ao extremo das *circunstâncias* que o cercam e reconstruí-lo por meio de esboços formalizados ao extremo, de balés coloridos e efêmeros que se desenrolam em um elemento neutro.

Uma obra de Paul Chan, *My Birds... Trash... The Future* [Meus pássaros... lixo... o futuro] (2004), dupla projeção de vídeo nas duas faces de um mesmo painel, constitui uma autêntica epopeia histórica narrada com meios igualmente

---

[19] Winfried Georg Sebald, *Campo Santo*, Munique, Carl Hanser Verlag, 2003, p. 14. Citado por Gloria Origgi, "Mémoire narrative, mémoire épisodique: la mémoire selon W.G. Sebald", in "Les philosophes lecteurs", *Fabula LHT* (*Littérature, histoire, théorie*), n. 1, fevereiro de 2006, URL: <http://www.fabula.org/lht/1/Origgi.html>.

banais, tirados do léxico da infografia: um desenho animado rudimentar recheado com efeitos de *pop-up*, em uma gama cromática intensa em que predominam o marrom, o azul elétrico e o laranja. Uma estética pisca-piscante e envolvente: a da informação contemporânea... Deparamo-nos com Pier Paolo Pasolini e Goya, Samuel Beckett e o *rapper* Biggie Smalls em um ambiente apocalíptico transpassado pela religião e por comandos suicidas, em que os detritos voam em formação e pássaros enormes e preocupantes são mortos. Essa obra de Paul Chan se aproxima de *Guerra sem cortes*, o filme de Brian de Palma que três anos mais tarde iria evocar a guerra do Iraque por meio de *blogs* redigidos por soldados e imagens capturadas por telefones celulares ou câmeras de amadores. Nos dois casos deparamos com uma perda de confiança na noção de um meio único, como se a História ou a atualidade só pudessem ser transcritas e transmitidas através do múltiplo, da proliferação organizada das ferramentas visuais ou narrativas. Esse modo formal reflete nossa civilização da superprodução, na qual o atulhamento espacial (e imaginário) é tamanho que um mínimo *furo* em sua cadeia cria um efeito visual; mas designa igualmente a experiência do *Homo viator* circulando pelos formatos e circuitos, longe dessa monocultura do meio a que alguns críticos gostariam de reduzir a arte contemporânea.

3

Transferências

Efeito dessa cultura da "colocação em movimento" (viatorização), a arte contemporânea identifica a tradução como uma operação privilegiada. Cabe dizer que o modernismo havia negligenciado essa noção, tão envolvido que estava em seu projeto pós-babeliano de um universalismo (ocidental) cuja abstração era o esperanto. Inversamente, em nosso mundo em vias de globalização, todo signo deve ser traduzido ou traduzível para de fato existir – mesmo que apenas nessa nova *língua franca* que é o inglês. A tradução, contudo, para além desse imperativo pragmático, encontra-se no cerne de uma implicação ética e estética: trata-se de lutar pela indeterminação do código, de recusar todo código-fonte que atribua uma "origem" única às obras e aos textos. A tradução, que coletiviza o sentido de um discurso e "aciona" um objeto de pensamento ao inseri-lo em uma cadeia, diluindo assim sua origem na multiplicidade, constitui um modo de resistência contra a formatação generalizada e uma espécie de guerrilha formal. O princípio da guerrilha é as forças combatentes se manterem em perpétuo movimento: evitam assim ser identificadas e preservam sua capacidade de ação. No campo cultural, ela se define pela passagem dos signos por territórios heterogêneos e pela recusa em ver a prática artística atribuída a um campo específico, identificável e definitivo.

Desde o fim do século passado, o ato de traduzir invadiu o campo cultural: transposições, mudança de dimensão, constantes passagens entre diferentes formatos ou níveis de produção, diáspora dos signos... Será esse um fenômeno original? Pode-se retorquir que qualquer desenho já "traduz" uma ideia ou uma sensação, que toda obra de arte é resultado de uma série de translações, de deslocamentos normatizados em direção a uma forma. Sigmund Freud mostrou de que maneira a energia criadora age como um transformador de energia libidinal, através dos diferentes níveis do processo de sublimação, o que permitiu que Jean-François Lyotard definisse a pintura como uma "libido conectada na cor"[1]. Ora, o que os artistas de hoje retêm da psicanálise é principalmente um saber acerca das conexões: como as coisas se conectam, o que acontece quando se passa de um regime para outro, quando um signo se torna visível sob diferentes formas emprestadas? A tradução, ao contrário do regime de transformação de energia descrito pela psicanálise, possui suas normas e leis. E põe em presença, com ainda mais clareza, realidades distintas e autônomas cujo deslocamento ela organiza.

Assim, poderíamos definir a arte de hoje em função de um critério de tradutibilidade, ou seja, de acordo com a natureza dos conteúdos que ela transcodifica, de acordo com a sua forma de *viatorizar* esses conteúdos e introduzi--los em uma cadeia significante. A tradução hoje aparece igualmente como o imperativo categórico de uma ética do reconhecimento do outro, muito mais do que o simples registro de sua "diferença". Ela poderia de fato constituir a figura central da modernidade do século XXI, um mito fundador vindo substituir o do "progresso", que animava a modernidade do século anterior. Andy Warhol encapsulou a paisagem mental do artista de vanguarda dos anos 1960 ao declarar que "queria ser uma máquina"– que, em outras palavras, procurava transformar suas faculdades humanas em funções mecânicas, de modo a se harmonizar com o universo serializado no qual se movia. Poderíamos, sem dúvida, expressar a ambição do artista do século XXI di-

---

[1] Jean-François Lyotard, *Des dispositifs pulsionnels*, Paris, Galilée, 1994.

zendo que ele ou ela procura se tornar uma rede. A modernidade do século XX fundamentou-se no acoplamento do humano com a máquina industrial; a nossa modernidade se defronta com a informática e as linhas reticuladas.

Translações, transcodificações, traduções

Desde os anos 1980, o planeta vive no ritmo do movimento generalizado de digitalização. Imagens, textos e sons passam de um estado analógico para um estado digital, o que lhes permite ser lidos por novas gerações de máquinas e submetidos a tratamentos inéditos. Esse fato não deixa de produzir efeitos na arte contemporânea. De um lado, porque esse movimento afeta as fontes e os materiais utilizados pelos artistas; de outro, porque cria ininterruptamente a obsolescência (como encontrar um videogravador para ver um antigo VHS? E o que fazer com os nossos discos de vinil?), mas também porque a digitalização vai destruindo aos poucos, na ordem da aparelhagem técnica, as antigas divisões disciplinares: podemos hoje, com um computador, escutar música, assistir a um filme, ler um texto ou apreciar a reprodução de obras. Acabou-se a divisão do trabalho eletrodoméstico. Pós-fordismo cultural para uso familiar... Um sistema único de códigos – a linguagem binária da informática – permite passar de um som para uma representação gráfica ou manipular as imagens de mil maneiras diferentes. As imagens se definem, doravante, por sua densidade, pela quantidade de átomos de que se compõem. Quantos *pixels* (*picture elements*)? É essa a nova condição da leitura e da transmissão de imagens, centrada nas possibilidades do computador, que hoje constitui a base de uma gramática formal desenvolvida por uma nova geração de artistas. Sem que estes necessariamente utilizem ferramentas digitais – já que estas são, de qualquer modo, parte integrante de nossa forma de pensar e representar, de tratar e transmitir informações.

Desde sua generalização, nos anos 1980, a informática doméstica se disseminou em todos os modos de produção e de pensamento. Mas suas mais inovadoras aplicações no campo da arte são, por enquanto, obra de artistas cuja prática se revela bastante afastada de qualquer "arte digital" – sem dúvida, enquanto se espera por algo melhor. O computador como objeto só tem, aliás, uma importância mínima nesse caso, se comparado às novas formas que ele gera e, em primeiro lugar, a essa operação mental que é o próprio cerne do digital: a transcodificação. Essa passagem de um código para outro cria, nas obras contemporâneas, uma visão original do espaço-tempo que vem corromper as noções de origem e originalidade: a digitalização atenua a presença da fonte, cada geração de imagens representando apenas um breve instante em uma cadeia sem origem nem fim. Só se pode recodificar o que foi anteriormente codificado, e toda codificação dissolve a autenticidade do objeto na própria fórmula de sua duplicação. A obra de Kelley Walker aparece como emblemática dessa prática de transferência, mantendo os signos em formatos intermediários que permitem sua disseminação, tal como esses agentes microbianos conservados em temperatura ultrabaixa, de modo a preservar sua virulência. Tais signos sem origem nem identidades estáveis representam os materiais de base da forma na era radicante. Mais do que produzir um objeto, o artista trabalha para desenvolver uma vida de significações, propagar um comprimento de ondas, modular a frequência conceitual em que suas proposições serão decodificadas para um público. Uma "ideia" pode, assim, passar do sólido para o flexível, de uma matéria para um conceito, da obra material para uma multiplicidade de extensões e declinações. Arte da transferência: transportam-se dados ou signos de um ponto para outro, e esse gesto expressa nossa época mais do que nenhum outro. Tradução, translação, transcodificação, passagem, deslocamento normatizado são as figuras desse *transferismo* contemporâneo.

Para citar alguns exemplos, é sob a forma de uma exposição, seguida de um filme e posteriormente de uma ópera sobre o gelo que Pierre Huyghe retranscreve sua viagem à Antártida. A história da reivindicação dos trabalhadores de uma fábrica da Volvo na Suécia se vê transformada por Liam Gillick em uma série de sequências esculturais minimalistas – como se um filme abstrato fosse legendado por operários em greve (*Texte court sur la possibilité d'une économie de l'équivalence* [Texto breve sobre a possibilidade de uma economia da equivalência], 2003). Saâdane Afif utiliza as esculturas realizadas por André Cadere nos anos 1970 como um código de cor, que ele em seguida transforma em acordes de violão tocados por autômatos (*Power Chords*, 2005). Ele produziu também equivalentes musicais de suas próprias obras na forma de poemas encomendados a escritores e depois musicados (*Lyrics*, 2005). Em um vídeo apresentado no Whitney Museum em 2006, Jonathan Wolfson traduz em linguagem de sinais o discurso de Chaplin em *O ditador*. Jonathan Monk, por sua vez, pratica literalmente a tradução quando se apossa de uma obra conceitual de Robert Barry, da qual traduz o enunciado em inglês em uma primeira língua, depois em uma segunda, ela própria traduzida em uma terceira língua, e assim por diante, até a perda progressiva do sentido original em uma última frase em inglês, incompreensível (*Translation Piece*). Em Peter Coffin um som se torna parte constitutiva do crescimento de uma planta; um pensamento, um fio sinuoso que se materializa em neon, evocando algumas obras de Keith Sonnier; obras de arte modernistas, os elementos de um teatro de sombras; uma compilação de trechos musicais, o tensor que irá modificar a configuração de um cérebro. Loris Gréaud registra em um encefalograma o momento em que elabora mentalmente uma de suas exposições, produzindo assim um diagrama que será traduzido em impactos luminosos destinados a uma série de lâmpadas que irão piscar durante a exposição. Lógica das conexões: nessas obras, cada elemento utilizado vale por sua capacidade de modificar a forma de outro. Eu poderia citar incontáveis exemplos dessas práticas *trans-formato*, atestando que a criação de modos de passagem de um regime de expressão para outro constitui de fato uma problemática capital da arte dos anos 2000.

Quando evocamos a noção de *tradução*, a topologia, como vimos, nunca se encontra muito longe: ambas têm por objetivo o trânsito de uma forma de um sistema de códigos para outro. Topologia e tradução são práticas de deslocamento: o que é que se mantém em um objeto e o que é que se perde na operação que consiste em reconfigurar suas propriedades e coordenadas? Para definir topologia, Pierre Huyghe explica que ela "se refere a um processo de tradução. Quando você traduz, perde alguma coisa que estava contida no original. Em uma situação topológica, pelo contrário, você não perde nada; ocorre a deformação do mesmo". E mais adiante: "[a topologia é] a prega de uma situação. É uma forma de traduzir uma experiência sem representá-la. A experiência será equivalente, mas será sempre diferente"[2]. A partir desse modelo processual, podem-se decodificar inúmeras obras importantes produzidas hoje em dia. Trata-se de se apoderar de um pacote de informações e inventar para ele um modo de tratamento. Ou, em outras palavras, de se conectar a um fluxo, de inflecti-lo em uma direção determinada, ou seja, dar-lhe uma forma.

A "condição pós-mídia"

Essa valorização do instável em oposição à estabilidade disciplinar, a escolha dos fluxos vindo encobrir as linhas-fronteiras contra a circunscrição oferecida pelos diferentes meios expressivos, a decisão de passar entre os formatos em vez de contar com a autoridade histórica e prática de um único entre eles altera os cânones estéticos sobre os

---
[2] George Baker, art. cit.

quais repousa a crítica contemporânea. A fim de descrever essa zona de turbulências, Rosalind Krauss fala em *"postmedia condition"*: em um brilhante comentário sobre Marcel Broodthaers, mais particularmente sobre o conjunto de suas obras relativas ao fictício "Museu de arte moderna – Departamento das Águias" (1968-1972), Krauss vê na "águia" genérica do artista belga o emblema que "anuncia não o fim da arte, mas o fim das artes individuais vistas como meios específicos"[3]. Nesse caso, a ficção é que se torna o meio que vem embaralhar as linhas entre arte e literatura, narrativa e forma. Mais precisamente, o Museu se torna em Broodthaers um meio em si, apto a conferir a um conjunto heterogêneo de elementos uma unidade conceitual e estética. Mas todo quadro ficcional não seria capaz de substituir, com esse intuito, os meios tradicionais? O "Departamento das Águias" é apenas o precursor de uma longa série de obras realizadas nos anos 1990 e 2000, que não se baseiam em nenhuma prática disciplinar específica, sendo que, pelo contrário, extraem da realidade social seus modos de produção e seus formatos.

É essa evolução que Rosalind Krauss denuncia: "Vinte e cinco anos depois, no mundo inteiro, em toda bienal e em toda feira de arte", prossegue ela, "o princípio da Águia funciona como um novo academismo. Quer se apresente como instalação, quer como crítica da instituição, a instalação multimídia difundiu-se internacionalmente e se tornou onipresente[4]." Esse novo "academicismo", segundo sua expressão, encontraria seu fundo nessa heterogeneidade formal que constitui a experiência dominante do nosso tempo, encarnada na figura do telespectador-zapeador: "A televisão e o vídeo se assemelham à Hidra de mil cabeças, existente sob infinitas formas, espaços e temporalidades sem que nenhuma instância pareça oferecer ao conjunto uma unidade formal. É o que Sam Weber chama-

---

[3] Rosalind Krauss, *A Voyage on the North Sea. Art in the Age of the Post-Medium Condition*, Londres, Thames & Hudson, 1999, p. 12.

[4] Ibid., p. 20.

va de heterogeneidade constitutiva da televisão..."⁵. Aparentemente essa "condição intermídia" ("em que não apenas a linguagem e a imagem, mas também a 'alta cultura' e a 'cultura popular', e todo tipo de oposição que se possa imaginar, se mesclam livremente"⁶) representa para Krauss uma capitulação e o desinvestimento do meio expressivo, um signo de regressão. Ela observa que na própria obra de Broodthaers todos os suportes materiais são nivelados por um princípio homogeneizador, pelo trabalho de reificação ["comodificação"]: assim, o que era representado pela ficção do "Museu de arte moderna – Departamento das Águias" seria hoje experimentado sob a forma da complacência para com a indústria do *entertainment*.

Pensar que a arte deve se enraizar em um meio expressivo qualquer (pintura, escultura) é um prolongamento da teoria greenberguiana do "progresso" da arte, o qual consiste em essencializar a arte, em depurar o meio expressivo até reduzi-lo a uma prática de resistência. Resistência a quê? O medo em face da desagregação dos diferentes meios expressivos tradicionais decorre, em última instância, de uma concepção pessimista da cultura, muito presente em Greenberg, para quem a estética representava o espaço de uma luta contra um perigo maior, a queda da arte dentro do *kitsch*. Vamos inverter essa proposição: e se a forma contemporânea do *kitsch* fosse justamente o enquadramento das proposições artísticas nas molduras douradas da tradição? E se a verdadeira arte se definisse exatamente por sua capacidade de escapar aos determinismos implícitos do meio utilizado? Em outras palavras, é preciso lutar, atualmente, não pela preservação de uma vanguarda autocentrada nas especificidades de seus meios, como fazia Greenberg, mas pela indeterminação do código-fonte da arte, por sua disseminação, de modo a que ele se afirme na posição de não identificável – por oposição à hiperformatação que, paradoxalmente, caracteriza o *kitsch*.

---

⁵ Ibid., p. 31.
⁶ Ibid.

Formas traduzidas

A transferência: prática de deslocamento que valoriza enquanto tal a passagem dos signos de um formato para outro. Evocando o projeto coletivo Ann Lee, de que participou uma dezena de artistas, Philippe Parreno insiste nessa noção de passagem: "É para mim um simples ato de exposição: a passagem de um signo de uma mão a outra. Ann Lee era uma bandeira sem causa (com a causa inventando-se de mão em mão)"[7]. O meio utilizado para o projeto, nesse caso, não foi o vídeo nem nenhuma outra disciplina em especial, mas uma personagem de ficção, cujos direitos foram adquiridos de um estúdio japonês por Parreno e Pierre Huyghe, e que cada artista, de Pierre Joseph a Doug Aitken, passando por Dominique Gonzalez-Foerster e Richard Philips, era livre para interpretar e representar como bem entendesse. O projeto Ann Lee lança mão, assim, de um sistema de traduções formais baseado na renovação da ideia de meio, ou melhor, do seu sentido original de "intermediário entre o mundo dos vivos e o dos fantasmas".

Uma tradução, segundo Walter Benjamin, permite em primeiro lugar a sobrevida do original, ao mesmo tempo que implica a sua morte. A partir da tradução, não há caminho que leve de volta ao texto de origem. Ann Lee, personagem de mangá, acabou por encontrar uma morte "jurídica" ao fim de sua utilização artística; assim, ela só existiu em e por sua passagem de um formato para outro, por intermédio dos artistas que a fizeram "viver".

Às vezes é a História que o artista se dá por tarefa fazer reviver, buscando formas de tradução. Em seu vídeo *Intervista* (1998), Anri Sala parte de filmes encontrados nos arquivos de sua mãe, na Albânia, que é vista participando de uma reunião do Partido Comunista. Sendo as imagens desprovidas de som, Sala projetou-as numa escola de deficientes auditivos e pediu a estes uma transcrição dos diálogos. "Eles entenderam tudo", explica o artista, "com exceção

---
[7] "Ann Lee: vie et mort d'un signe", entrevista a Frédéric Chapon, *Frog*, n. 3, primavera-verão de 2006.

das palavras que eu próprio compreendia: marxismo-leninismo. [...] Eu me sinto muito próximo dessas lacunas, desses furos que são, ao mesmo tempo, insignificantes e muito significantes."[8] O que produz o gesto de traduzir é, antes de mais nada, esse resto, esse distanciamento: nesse caso, o espaço vazio que se abre entre duas gerações separadas por um acontecimento histórico.

A geografia também se traduz. Não há nada mais patético do que esses artistas que se contentam em importar os signos de sua cultura visual, submetendo-os a um vago *lifting*, contribuindo assim para reificá-los e se reificarem eles próprios em um gesto de autoexploração. Outros, em compensação, se atêm a *"viatorizar"* sua experiência sem se comprazer com uma pequena exploração de signos. Por mais que Pascale Marthine Tayou manipule uma iconografia amplamente africana, ele compõe seus elementos em uma obra cáustica que já não tem nada a ver com folclore algum. Suas *Plastic Trees*, amontoado informe de sacos plásticos monocromáticos, desenham paisagens urbanas muito mais realistas do que os motivos tribais a que estamos acostumados. E é por responder à pergunta modernista por excelência "Como combinar meu trabalho artístico com os modos sociais de produção vigentes?" que a obra de Tayou contribui para a definição do altermoderno. Piet Mondrian, Jackson Pollock e Robert Smithson fizeram-se em sua época essa mesma pergunta. Tayou a responde pela coleta e por sua decisão de instalar suas formas sobre a precariedade.

Barthélemy Toguo, por sua vez, conecta sua prática da aquarela gigante, seus motivos africanos e suas caixas de embalagem aos fluxos econômicos que ligam a África às empresas multinacionais. Sooja Kim, coreana, pôde desenvolver uma visão inspirada no tao em exposições nas quais se unem a arte minimalista e motivos ancestrais, ao passo que Surasi Kuzolwong constrói processos formais em que a produção popular tailandesa se vê "informada" pela arte

---

[8] *Art Review*, n. 18, janeiro de 2008, p. 30.

minimalista e conceitual. Navin Rawanchaikul coloca a estética do cartaz cinematográfico indiano e a ficção científica hollywoodiana a serviço de uma epopeia narrativa que representa, à maneira da arte conceitual, o papel da arte e sua definição. Essas práticas todas têm em comum um eixo de tradução: elementos pertencentes a uma cultura visual ou filosófica local são transferidos de um universo tradicional, em que eram estritamente codificados e congelados, para um universo em que são postos em movimento e colocados à luz de uma leitura crítica.

3

Tratado de navegação

1
Sob a chuva cultural
(Louis Althusser, Marcel Duchamp e o uso das formas artísticas)

De que maneira o indivíduo do início do século XXI apreende concretamente a cultura? Sob a forma de mercadorias, distribuídas por instituições e comércio. Ele evolui, assim, em meio a uma autêntica chuva de formas, imagens, objetos e discursos, chuva a partir da qual se organizam atividades (criativas) e circuitos (consumidores). Assim, a produção cultural constitui uma *queda* permanente de objetos visuais, sonoros, escritos, representados, de qualidade desigual e *status* heterogêneo, de que o leitor-espectador recolhe o quanto pode, com os meios de que dispõe, de acordo com sua educação, bagagem intelectual e personalidade. O que fazer quando se está "preso" sob essa chuva?

Em seu ensaio sobre o "materialismo do encontro"[1], Louis Althusser utiliza a mesma metáfora para descrever, na esteira de Demócrito e Epicuro, a estrutura atômica da realidade. Suas primeiras linhas são:

Chove.
Que este livro seja, portanto, em primeiro lugar, um livro sobre a simples chuva.
Malebranche se perguntava "por que chove sobre o mar, as grandes estradas e os areais", se essa água do céu que, em outros lugares, molha as plantações (o que é muito bom)

---

[1] Louis Althusser, *Le Courant souterrain du matérialisme de la rencontre*, in *Écrits philosophiques et politiques*, Paris, Stock-IMEC, 1994, t. I, p. 539.

em nada acrescenta à água do mar e se perde nas estradas e praias.²

Consideremos aqui a produção cultural tal como Althusser considera a chuva: uma precipitação, uma avalanche de linhas paralelas, quando somente uns poucos átomos irrigam os campos cultiváveis e "servem" de fato, enriquecendo-os com um elemento original, sendo que nenhum átomo, porém, é totalmente inútil ou destituído de interesse. Para além dos juízos de gosto, essa chuva de objetos culturais escava anfractuosidades, modifica os relevos e os cursos naturais da sociedade humana. A massa é uma coisa, seus átomos (ou seja: tal ou tal obra) são outra. Em última instância, cada átomo é, portanto, suscetível de ser útil, desde que direcionado para a zona adequada. Segundo uma perspectiva utilitarista, o valor reside no destino (sempre provisório) de um objeto, mas não é, de forma alguma, absoluto: o juízo estético se aplica a circunstâncias. A obra de arte é um lugar, uma *hecceidade*, uma paisagem passível de ser modificada ou desfigurada pela ação da *chuva cultural*, que vem perturbar o sistema de relações que a produzem como obra.

Recorrendo aqui ao pensamento de Althusser, vamos esboçar uma tímida réplica ao gesto fundador de seu empreendimento filosófico, efetuando um "retorno" à obra de Marcel Duchamp, assim como ele próprio fundou seu pensamento sobre uma "releitura" dos escritos de Karl Marx, que, intuía ele, constituíam uma ciência pura cuja filosofia, inencontrável, ainda estava por ser inventada. Os

---

² Esta citação de Althusser abre um de seus textos capitais, redigido por volta de 1984. O trabalho do autor de *Pour Marx* ainda terá um dia de ser visto de outra forma que não segundo os clichês ligados à geração de maio de 1968 e à falência do "comunismo real", embora o espaço para isso não seja esse empreendimento. Como mostram suas obras póstumas, mas como já anunciava sua incessante busca por uma filosofia materialista livre da teleologia e do racionalismo hegelianos, Althusser há de ficar, antes de mais nada, como o instigador de uma renovação do nominalismo, ilustrado por seu conceito de "materialismo aleatório", ao passo que seu pensamento se articula em torno de conceitos-chave como a loucura, a prática, a oportunidade e a ideologia. Para uma nova leitura do conceito de encontro, cf. nosso ensaio *Esthétique relationnelle*, Dijon, Les Presses du réel, 1998, p. 18. [Edição brasileira: *Estética relacional*, trad. Denise Bottmann, São Paulo, Martins Martins Fontes, 2009.]

comunismos de Estado leram Marx segundo Hegel, ou seja, segundo um modo de pensar que lhe preexistia, mas que em nada correspondia à sua verdadeira natureza – que, em suma, de acordo com Althusser, "não funcionava"... É como teimar em abastecer um carro a diesel com gasolina aditivada. Será que o fato de não podermos deduzir da prática de Duchamp uma estética que ainda é, também ela, inédita ocorre porque o "lemos" segundo sistemas de pensamento que tampouco lhe correspondem?

Apropriação e neoliberalismo

Louis Althusser define ideologia como sendo a "representação imaginária que os Homens criam de suas reais condições de existência". E, por extensão, a representação que criamos das atividades dos outros. No campo da arte, se a noção de ideologia impregna de modo evidente o discurso crítico, a leitura das obras e seu modo de apresentação e classificação, ela condiciona com igual força a prática dos artistas. Preexiste a suas atuações uma "representação imaginária" da qual eles escapam em maior ou menor grau e que questionam com êxito maior ou menor. Ora, à luz da emergência de uma cultura do utilitário, é atualmente possível balizar certas noções que estão na base do surgimento da arte do século anterior, entre elas, um de seus arquétipos: a apropriação – tendo o termo *appropriation art*" se tornado, a partir dos anos 1960, uma expressão-reflexo da crítica anglo-saxônica.

Lançar mão das formas existentes, está aí uma atividade que não parece brilhar por sua novidade. Todos os grandes artistas não copiaram, interpretaram, reciclaram os mestres do passado? Esse tipo de prática encontra em Pablo Picasso uma figura ideal, uma espécie de fixativo, a tal ponto que ele encarna, sozinho, a reciclagem. O admirador de *As meninas* de Velázquez, o genial visitante de Ingres e Nicolas Poussin, de fato definiu um gabarito para o uso moderno da história da arte. Pois é desnecessário dizer, segundo esse gabarito, que utilizar as formas equivale a apelar para a História, a reavivá-la, traçando assim uma linha que vai do "produto" obtido até o seu, ou os seus, modelos históricos. Nas conversas que tinha com Malraux[3], não afirmava Picasso que suas pesquisas e o uso que fazia do passado visavam constituir a "máscara" de sua própria época, ou seja, um equivalente do "estilo", tal como ele resume a produção das civilizações sem nomes próprios, desaparecidas ou não? A noção de "máscara" segundo Picasso/Malraux é um modo convincente de uso das formas: erudito (nunca mascara completamente sua fonte), afirmando a história da arte como uma entidade transcendente; mas afirmando, sobretudo, por meio de um virtuosismo sem par, a primazia do estilo. Toda a obra de Picasso – e o conjunto das glosas que acompanham seu uso das formas existentes para fins pessoais – constitui um dos pontos fundamentais do processo de elaboração de uma ideologia dominante do uso cultural.

Exemplo 1: Marcel Duchamp, Roda de bicicleta (1913)

A invenção do *ready-made* representa um ponto de virada na história da arte, sendo colossal a sua posteridade. A partir desse gesto limite que consiste em apresentar como obra de arte um objeto de consumo corrente, todo o campo lexical das artes plásticas se encontra "acrescido" dessa nova possibilidade: significar não através de um signo, mas da própria realidade[4]. Mas, se apartada da monumental e magistral obra de Duchamp, essa inacreditável fortuna estética e crítica não mostra uma relação com a ideologia de seu tempo, sendo, em última instância, movida a combustível ideológico?

O próprio Marcel Duchamp nunca empregou o termo *apropriação*. Para evocar o processo do *ready-made*, ele manipulava noções e termos que não pertencem ao regis-

---

[3] André Malraux, *La Tête d'obsidienne*, Paris, Gallimard, 1974.

[4] Sobre a relação do *ready-made* com a linguagem cinematográfica, cf. *Formes de vie*, op. cit., capítulo "Taylor et le cinéma".

tro da propriedade ou da apropriação. Indicaremos mais adiante por quê, e em que contexto, aparece essa palavra.

No âmbito de uma problemática da produção, que se refere constantemente ao processo pictórico de modo a sustentar o oposto (seu discurso sobre o *ready-made* se posiciona naturalmente em relação às formas de arte tradicionais, em reação a elas), ele insistia assim primeiramente na ideia de escolha, em oposição à de fabricação: "Quando você faz um quadro comum", explica Duchamp, "sempre há uma escolha: você escolhe as cores, a tela, o tema, escolhe tudo. Não existe arte; trata-se essencialmente de uma escolha. Com o *ready-made* é a mesma coisa. Trata-se da escolha de um objeto"[5]. Ora, o ato de escolher não é nem um pouco sinônimo do ato de *se apropriar*, mesmo que Duchamp dê início ao reinado do *ready-made* no momento em que o pintor emprega cores prontas, em tubos.

A apropriação, em suas conotações agressivas, implica uma concorrência, uma disputa por um território que poderia indiferentemente pertencer a um ou outro dos beligerantes. Sabendo que o *ready-made* implica "dar uma nova ideia" a um objeto, ou seja, subtraí-lo, justamente, de seu território, de sua origem, a noção de apropriação não tem aqui nenhum sentido. Sendo de uma essência imaterial, o *ready-made* não tem, por outro lado, nenhuma importância física: destruído, pode ser substituído, ou não. Não tem nenhum proprietário.

Segundo aspecto teórico, que depende do primeiro: a noção de indiferença. A "beleza de indiferença", defendida por Duchamp, vai a contrapelo da noção, exclusivamente retiniana, da pintura e da escultura: "em vez de escolher algo que lhe agrade ou lhe desagrade, você escolhe algo que não tem, visualmente, nenhum interesse para o artista. Em outras palavras, chegar a um estado de indiferença em relação a esse objeto"[6]. Ora, a indiferença é justamente o inverso da avidez que fundamenta o ato de propriedade. A indiferença, no melhor dos casos, se parti-

---

[5] Philippe Collin, *Marcel Duchamp parle des ready-mades à Philippe Collin*, Paris, L'Échoppe, 1998.

[6] Ibid.

lha; no pior, entedia e repugna. Cabe antes aproximar essa noção de alguns conceitos da filosofia oriental: o "não agir" taoista (*Wu wei*) ou, mais ainda, a alegre forma da indiferença ao mundo, ligada ao sentimento de impermanência, que está na base do budismo. Não existe a apropriação de um objeto indiferente: com o *ready-made*, Duchamp, pelo contrário, descobre a fórmula da despossessão.

O terceiro aspecto, essencial, é o do *deslocamento*: o *ready-made* só funciona a pleno vapor uma vez exposto – ou seja, registrado pela câmera-museu, o sistema museológico como câmera de gravação, ratificador, conforme as palavras de Duchamp, de uma "contradição absoluta" que representa sua própria essência. Essa noção de deslocamento é que está na base de *Escultura de viagem*, de *Caixa na valise* e, junto com elas, da quase totalidade da obra de Duchamp. O deslocamento é uma forma de uso do mundo, uma sorrateira erosão das geografias estabelecidas.

Assim, o *ready-made* não pertence a nenhum domínio específico. Existe "entre" duas zonas, e não se ancora em nenhuma delas. Tendo em vista os três conceitos fundamentais que "trabalham" o *ready-made*, como não julgar estranhíssima a crítica a Duchamp feita por Joseph Beuys quase cinquenta anos mais tarde, baseada nessa noção de apropriação que não aparece em lugar algum na problemática desenvolvida pelo criador dos *ready-made*?

Beuys só enxerga no *ready-made* um ato de apropriação, que a ideologia reinante torna hipervisível, como a carta roubada de Edgar Poe, que ninguém enxerga enquanto ela está em evidência. Em diversas ocasiões, notadamente a respeito de seu *happening* Le silence de Marcel Duchamp est surestimé [O silêncio de Marcel Duchamp é superestimado] (1964), o artista alemão escarnece o lado "burguês" de Duchamp, que, segundo Beuys, se manifesta por ele se permitir apor uma assinatura individual em um mictório (*Fontaine*, 1917), ou seja, em um objeto produzido coletivamente por operários reais em minas de caulim reais. A assinatura, afirma Beuys implicitamente, expropria esses trabalhadores, reproduzindo assim o mecanismo do capitalismo, a saber, a divisão social entre proprietários dos meios de produção e assalariados. Duchamp patrãozinho? Yves Klein, ao designar o céu azul como sendo sua obra, está, ele sim, apropriando-se de fato. É nesse tipo de detalhe que se percebem a progressão da leitura do *ready-made* e o contexto ideológico em que Beuys e Klein a leem, para não falar em Piero Manzoni ou em Ben, que "assinam" esse ou aquele aspecto da realidade em uma perspectiva de apropriação.

Com essa controvérsia aparece claramente a natureza ideológica da noção de apropriação, que articula proprietários e espoliados em torno da assinatura ou, em outras palavras, do meio de produção do objeto (sua *exposição*). Produzir significa "fazer avançar à sua frente": a exposição sobrevém quando uma assinatura (um nome próprio) legitima a produção em público de um conjunto de formas.

Exemplo 2: Marcel Duchamp, LHOOQ

Ao aplicar um bigode em uma reprodução da *Gioconda* de Leonardo da Vinci, Duchamp realiza uma operação que mais uma vez se distingue da apropriação, no sentido de que nem o objeto original nem seu autor são ocultados de uma ou outra maneira, mas, pelo contrário, são valorizados, no intuito de dessacralizar, trivializar um ícone cultural. Trata-se aí do uso dadaísta das formas, alegremente negador, iconoclasta e deliberadamente chocante: o que os burgueses chamam de *espírito juvenil*. Seja como for, um uso liberatório, que visa romper a cadeia do que poderíamos chamar de aderência cultural, ou seja, o reflexo admirativo condicionado – tão bem mostrado por Witold Gombrowicz em *Souvenirs de Pologne*, quando descreve as "bocas abertas" e os "olhares aparvalhados" que se espremem junto a essa mesma *Mona Lisa*. Não apreciam, não avaliam: obedecem a um imperativo cultural.

Esse modo de intervenção seria mais tarde sistematizado pela Internacional Situacionista, que o poria em prática para fins políticos: o termo *desvio*, que vale pela abreviação da expressão "desvio de elementos estéticos pré-fabricados", implica uma radicalidade reivindicada por Debord e seus amigos em um panfleto que visa ao surrealismo e em particular a André Breton: "Citar sem aspas, sem indicar a origem, e deliberadamente transformando, desviar radicalmente em suma, isso era demasiado para ele"[7]. Constant e Gil Wolman pretendem "pilhar as obras do passado", mas isso "para seguir em frente".

Essa primeira problematização do uso da cultura é encontrada na declaração liminar da IS [Internacional Situacionista]: "Não pode existir pintura ou música situacionista, e sim um uso situacionista desses meios".

No caso, a assinatura se vê claramente remetida ao seu *status* de título de propriedade e situada com clareza no contexto geral da economia capitalista – mesmo que apontando para as gritantes contradições então existentes entre as declarações dos artistas de vanguarda e a proteção de seu patrimônio através da restrição ao *direito de entrada* neste.

Quanto ao uso contemporâneo do desvio, ele se deslocou de modo bastante sintomático em direção ao código dominante: o logotipo. Já não se contam hoje em dia os artistas que desviam siglas ou *slogans* "pertencentes" a empresas existentes, desde o trabalho pirata de Daniel Pflumm com a AT&T até a venda, por parte de Swetlana Heger e Plamen Dejanov, de sua força de trabalho para a BMW (1999), passando por Sylvie Fleury (as cores de Chanel), Philippe Parreno (no vídeo *Some Products* ele apresenta Picorette, uma extinta marca de doces) ou os logotipos desviados por Michel Majerus em seus quadros tridimensionais.

O lazer é hoje objeto de uma engenharia específica, assim como as relações entre seres humanos. Tendo o sistema capitalista anexado a totalidade dos aspectos da vida cotidiana, o mundo contemporâneo aparece como uma linha de montagem global composta por uma infinita sucessão de postos de trabalho. Toda produção humana que não se inscreva em uma lógica de lucro adquire então, de fato, o

---

[7] Jean-François Martos, *Histoire de l'Internationale situacioniste*, Paris, Gérard Lebovici, 1989, p. 27.

status de uma antiga prática operária, a *perruque*, procedimento que consiste em empregar ferramentas e máquinas da fábrica fora do horário de trabalho para produzir objetos destinados ao uso pessoal ou a um uso não declarado.

Quando Pierre Joseph vai ao Japão se postar defronte a uma fábrica de componentes de telefonia para pedir aos operários que o ensinem a fabricar um componente, ele está introduzindo a clandestinidade no processo do trabalho; partindo de uma postura de não saber (a ignorância é produtiva e coloca em relação), serve-se da fábrica como de uma *turntable*. Outra forma de uso-desvio: Philippe Parreno e Pierre Huyghe adquirem os direitos da personagem de mangá Ann Lee e usam-na como instrumento cognitivo: de que maneira uma imagem passa a ser um signo? E o que significa multipropriedade de um signo, uma vez que essa personagem é levada a "viver" através de diferentes obras de diversos artistas? O que essa "multipropriedade" vem revelar acerca da natureza de uma forma?

Exemplo 3: Marcel Duchamp, o **"ready-made** *recíproco"*

Quando cria o princípio do *ready-made* recíproco, Marcel Duchamp faz indiretamente o elogio do mal-entendido. Esse insólito objeto cultural, nunca realizado, enuncia-se como "a utilização de um quadro de Rembrandt como tábua de passar roupa": ele ilustra perfeitamente a ideia de um campo cultural em que a inadequação reinasse soberana. O que pode haver de mais grosseiro do que esse dispositivo? De menos "culto", no sentido pensado por Gombrowicz?

Loucura da propriedade. Todo ato de apropriação, à luz do *ready-made* recíproco, atesta um mau uso do mundo, um mal-entendido que se tornou a própria natureza do econômico. O direito de uso, tão logo se apoia na ideologia da propriedade (o "direito de acesso" teorizado por Jeremy Rifkin), desanda facilmente para o tragicômico.

Em 1991, Linus Torvalds lança o Linux, um software que se desenvolve a partir do princípio de livre acesso aos seus códigos-fonte, até então ciosamente mantidos secretos por aqueles que os comercializavam – notadamente Bill Gates e sua empresa, a Microsoft. Esse software livre, remunerado tão somente pela manutenção (um direito de uso), garante "a liberdade de copiar o software para todo indivíduo e seus amigos; a liberdade de compreender seu funcionamento, caso se deseje isso; a liberdade de modificá-lo e distribuir essas modificações". Nisso o sistema GNU/Linux se insere contra a lógica da economia taylorista, fundada na extinção do *know-how* (pois, pelo contrário, incita o usuário a transformá-lo) e na inalienabilidade dos produtos, por definição entregues já prontos e como produtos de massa.

O GNU/Linux não funciona, então, segundo o princípio do *ready-made* recíproco?

Seu uso esbarra em certo receio. Esse receio vem do pavor que sentimos de alcançar nosso limiar de incompetência. Não sabendo fazer nada, ou quase nada, mantidos que somos em um sistema que faz da divisão do trabalho uma natureza, nos movemos na cultura em função do famoso "princípio de Peter", que atribui a cada indivíduo um limite além do qual ele se torna contraproducente, ou seja, condenável. Nem sequer nos ocorre manipular os objetos além de determinados limites: a ideologia da competência faz que nos recusemos inconscientemente a ler o que não se espera que compreendamos, a empregar as máquinas sem conhecer seu modo de uso, a fazer uso de universos em relação aos quais nos sentimos estrangeiros; esse, sem dúvida, é um grave erro. Inversamente, Brian Eno conta que metade de suas ideias nascem no estúdio, enquanto emprega uma máquina cujo modo de uso é para ele bastante vago.

A interforma

Utilizar as formas. Mas como?

O materialismo aleatório de Althusser é um pensamento do encontro: sua figura primitiva, o clinâmen de Demócrito, consiste em um "desvio infinitesimal [...] que leva um átomo a se 'desviar' de sua queda a pique no vazio e, rompendo de modo quase nulo o paralelismo em algum ponto, provoca um encontro com o átomo vizinho e, de encontro em encontro, uma carambola e o surgimento de um mundo"[8].

O desvio se apresenta, portanto, de acordo com Althusser, como o princípio de toda realidade.

Assim, afirmar a primazia do desvio (uma mudança de rota, uma reorientação) significa, evidentemente, atacar o idealismo, que pressupõe uma origem e um fim para o universo e a História.

Mas significa também, no plano da estética, negar a existência do conceito de monstruosidade. O monstro, exceção na cadeia regular dos seres, só existe por oposição a uma "natureza", a uma normalidade que se inscreveria como lei absoluta para a espécie humana e suas produções históricas (sociais, culturais). Ora, a noção de regra, de Lei, só funciona dentro dos limites de um universo surgido do vazio, da "tomada" aleatória de determinado número de elementos.

O que diz Marx?, pergunta Althusser. Ele diz que "o modo de produção capitalista nasceu do 'encontro' entre o 'Homem do dinheiro' e o proletário desprovido de tudo, exceto de sua força de trabalho. 'Ocorre' que esse encontro se deu, e 'pegou', o que significa que ele não se desfez tão logo foi constituído, mas durou e se tornou um fato consumado [...] que gerou relações estáveis"[9]. O capitalismo (ou a arte) tem suas regras, mas estas valem da mesma forma que as regras do pôquer, que se tornam absurdas se resolvermos aplicá-las ao jogo de xadrez ou à canastra.

A lei, portanto, só vale em função da natureza, aleatória, da "pegada". O mundo não passa de um conjunto de universos espaçotemporais (sociedades, culturas, comunidades) que representam, cada um deles, uma exceção; não existem senão casos (*casus*, simultaneamente ocorrência e acaso) produzidos por encontros.

---

[8] Louis Althusser, *Le Courant Souterrain*..., art. cit., p. 539.
[9] Ibid., p. 570.

O monstruoso não possui realidade distinta, não passa de uma ocorrência espetacular da regra geral: ontologicamente, o "Anjo do bizarro" de Edgar Poe e seu sotaque bávaro, a exposição do vazio de Yves Klein ou o *Commercial Album* dos Residents representam exceções, porém, tanto quanto um anão de jardim ou o mais feio dos quadros de Botero. Há de se convir, contudo, que algumas exposições são mais interessantes do que outras, mas isso se deve apenas a elas gerarem mais pensamento, a serem "repletas de pensamento", a operarem infrações no sistema comunitário, no "gosto", que é uma repetição de hábitos – ao passo que outras acompanham a corrente coletiva e lavram terrenos já semeados. Seja como for, tudo se replanta e se enxerta.

Em *A Gaia ciência* Nietzsche descreve muito bem essa oposição entre o agricultor e o bárbaro que vem devastar as colheitas. Um uso produtivo da cultura implica uma prática elementar de arrancar os objetos do seu solo original – ou seja, o desvio. Por exemplo, um elemento que é mergulhado, ao sabor de alguma organização plástica, em um registro cultural incompatível ou distante se vê, assim, "desviado" de seu uso implícito: deslocado. Então, o acoplamento objeto industrial/sistema de museus é que "produz" o *ready-made*. Nos anos 1970, o *rap* nasceu de uma combinação da *turntable* com a carência de recursos sofrida pelos músicos, generalizando a ideia de que era possível contentar-se com as partes instrumentais de um disco, tocadas uma em seguida da outra. Mas poderíamos também fazer remontar seu surgimento à irrupção do *sound system* jamaicano na vida cotidiana afro-americana. Organização de um encontro de dois ou mais objetos, a mixagem é uma arte praticada *sob a chuva cultural*: uma arte do desvio, da captação dos escoamentos e de seu agenciamento por estruturas singulares.

O que é a elaboração de uma obra plástica, musical ou literária senão a criação de um registro de colisões e de uma forma de pegar que lhes permita durar? Pois é preciso fazer que esses encontros peguem, "como se diz que o gelo pega" (Althusser). O gelo é a água em simpatia com o frio, a água que encontra um modo de coexistência, um estado em que cada um dos dois elementos "se reconhece"... Nesse aspecto, Althusser está de acordo com Deleuze quando este define seu conceito de agenciamento como "uma multiplicidade que comporta muitos termos heterogêneos e estabelece ligações, relações entre eles, através das idades, dos sexos, dos reinos – das naturezas distintas. Assim, a unidade única do agenciamento é o cofuncionamento: trata-se de uma simbiose, de uma "simpatia"[10]. A mixagem funciona no modo da coordenação: é o "&" mais do que o "é"[11], a negação não violenta da essência de cada elemento em benefício de uma ontologia móvel, nômade e circunstancial. "Conjetural", diria Althusser. As obras de arte criam relações, e essas relações são externas aos seus objetos, possuem uma autonomia estética. Deleuze: "As relações estão no meio e existem enquanto tal"[12].

Um texto de Jorge Luis Borges revela, assim, a relação com o contexto em sua forma pura: em "Pierre Ménard, autor do Quixote", ele conta a história de um autor francês do século XX que reescreve, palavra por palavra, o clássico de Cervantes e demonstra que o sentido da obra assim obtida difere completamente do original[13]. A demonstração borgesiana remete a um grau zero do uso: a cópia. A recontextualização segundo Pierre Ménard opera, contudo, o deslocamento de um objeto no tempo, análogo ao deslocamento espacial efetuado por Duchamp. Esses dois "lances", ambos pertencentes a uma pré-história da mixagem, designam uma esfera estética na qual os elementos heterogêneos se esvanecem em benefício da forma assumida por seu encontro em uma nova unidade.

Mais do que formas, caberia falar aqui em interformas. Larvar, mutante, deixando transparecer sua "origem" sob a

---

[10] Gilles Deleuze, Claire Parnet, *Dialogues*, Paris, Champs Flammarion, 1996, p. 84. [Edição brasileira: *Diálogos*, trad. Eloisa Araújo Ribeiro, São Paulo, Escuta, 1998.]

[11] Ibid., p. 71.

[12] Ibid.

[13] Jorge Luis Borges, *Fictions*, Paris, Gallimard, col. "Folio", 1974. [Edição brasileira: *Ficções*, trad. Davi Arrigucci Junior, São Paulo, Companhia das Letras, 2007.]

camada mais ou menos opaca de seu novo uso ou da nova combinação na qual se vê "preso", o objeto cultural passa a existir somente entre dois contextos.

Ele pisca. Em pontilhado, filigranado, translúcido, ele mescla seus antigos atributos àqueles que adquire mediante sua presença num maquinário "estrangeiro". É o caso de um disco *funk* dos anos 1970 programado, mixado e filtrado em um *set techno*. É o caso das *Expansions* de César quando estão lado a lado com os recentes *Fusées* de Sylvie Fleury em uma exposição de Éric Troncy[14]. É também o caso dos motivos de arte minimalista que Liam Gillick utiliza como fragmentos de cenário nas suas instalações empresariais ou dos excertos de histórias em quadrinhos ampliados por Bertrand Lavier em sua série *Walt Disney Production*.

"*There is no alternative*", dizia outrora Margaret Thatcher em sua tentativa de tornar natural a ideologia neoliberal. Era, evidentemente, uma impostura: toda sociedade surge do aleatório, mas inventamos posteriormente o relato que organiza esse caos em uma ordem natural. Em qualquer situação, o medíocre exige estabilidade e gostaria de estender essa clareza artificial à própria História. Na arte, igualmente, existe uma alternativa ao modernismo que não é o pós-modernismo tal como se desenvolveu desde o final dos anos 1970, sob a forma atomizada de um relativismo absoluto ou de fantasmas regressivos. Essa estética do materialismo aleatório se opõe, evidentemente, à teleologia modernista segundo a qual a história da arte tinha um sentido e uma origem. Essa noção, porém, não mascara nenhum retorno a uma pretensa ordem natural, como acontece com esses pensadores da transcendência que substituem o que chamam de "fracasso da modernidade" por uma moral da tradição. Eles viram as costas para a finalidade da História e o progresso na arte, mas sua atitude não tem um significado maior do que mudar de posição na cama, porque não fazem mais do que trocar os fins

---

[14] "Dramaticallly different", Grenoble, CNAC Grenoble, 1999.

pelas origens: a pintura, o clássico, o *sentido*. Ora, a Razão final e a origem das coisas são apenas dois lados de uma mesma medalha idealista: acreditar que antes era melhor não difere fundamentalmente da ilusão de que amanhã será necessariamente melhor...

Se nos interessamos pelas vanguardas, certamente não é pela "novidade histórica" que elas representam em determinado momento. Não é porque Duchamp foi o primeiro a introduzir um objeto manufaturado em uma galeria que sua obra é apaixonante, e sim pela singularidade de sua posição em uma conjuntura histórica específica, cujos contornos nunca irão se repetir.

Os artistas que hoje trabalham a partir de uma intuição da cultura como caixa de ferramentas sabem que a arte não tem origem nem destino metafísico e que a obra que estão expondo nunca é uma criação, e sim uma pós-produção.

Assim como o "filósofo materialista" cujo retrato Althusser esboça no exergo de seus trabalhos sobre o materialismo aleatório, eles não sabem de onde vem nem para onde vai o trem, e não estão nem aí: embarcam mesmo assim.

2

O coletivismo artístico e a produção de percurso

"Playlist"[1] não é uma exposição temática – se tivesse um tema, seria a arte contemporânea em si. Que os artistas reunidos nessa exposição apresentam certo número de traços em comum é, decerto, inegável, mas esses traços não se mostram sob forma de uma temática, de uma técnica ou de uma fonte visual em particular, muito menos de uma "identidade" partilhada. Os artistas fabricam seus documentos de identidade – quanto aos demais, eles ou elas são, no melhor dos casos, hábeis comunicadores de sua "cultura" ou de seus particularismos sexuais, nacionais ou psicológicos. Não, o que permite agregar em um mesmo local artistas que perseguem objetivos e recorrem a métodos tão heterogêneos é o fato de eles trabalharem a partir de uma intuição similar do espaço contemporâneo; de perceberem a cultura deste início do século XXI como um campo caótico infinito de que o artista seria o navegador por excelência. Todos e todas percorrem a paisagem despencada do modernismo do século passado, constatam o relaxamento das tensões que curvavam sua arquitetura, tomam nota do desaparecimento

---

[1] "Playlist" é uma exposição que teve lugar no Palais de Tokyo, em Paris, em fevereiro de 2004. Artistas: Jacques André, Saâdane Afif, John Armleder, Carol Bove, Angela Bulloch, Cercle Ramo Nash (Coleção Devautour), Clegg & Guttmann, Sam Durant, Pauline Fondevila, Bertrand Lavier, Remy Markovitsch, Bjarne Melgaard, Jonathan Monk, Dave Muller, Bruno Peinado, Richard Prince e Allen Ruppersberg. Programação de vídeo (em colaboração com Vincent Honoré): John Baldessari, Slater Bradley, Susanne Burner, Brice Dellsperger, Christoph Draeger, Kendell Geers (Red Pilot), Christoph Girardet, Douglas Gordon, Gusztav Hamos, Pierre Huyghe, Mike Kelley & Paul McCarthy, Mark Lewis, Christian Marclay, Matthias Müller, Stefan Nikolaev, João Onofre, Catherine Sullivan, Vibeke Tandberg, Salla Tikka.

das antigas figuras do saber. Com recursos heterogêneos, eles ou elas procuram produzir obras capazes de se adequar a esse novo ambiente, ao mesmo tempo que revelam figuras e materiais a nossas consciências ainda modeladas pela ordem de ontem. Se não podemos mais do que esboçar a topologia dessa nova paisagem mental, em compensação conhecemos a natureza das ruínas sobre as quais ela repousa. Desde o século XVI e o advento dos Tempos Modernos a propagação do saber e sua acumulação imprimiam na cultura sua forma e movimento. Expansão horizontal através de viagens e descobertas; criação de "humanidades" e da bagagem de conhecimentos do "homem de bem" lançado ao assalto da verticalidade das bibliotecas... A invenção da imprensa em 1492 é acompanhada do surgimento de uma nova figura do saber, o erudito, encarnado por Pico della Mirandola, por Leonardo da Vinci ou pelo "abismo de ciência" em que iria se tornar o gigante rabelaisiano.

Ora, tornou-se impossível para um indivíduo de nossa época reunir a totalidade de um saber, mesmo que outrora ele passasse por especializado. Somos atualmente submergidos por informações cuja hierarquização já não nos é fornecida por nenhuma instância de alcance imediato, bombardeados por dados que se acumulam a um ritmo exponencial e provêm de múltiplos focos: experiência inédita na história da humanidade, a soma dos produtos culturais ultrapassa tanto a capacidade de assimilação de um indivíduo quanto o tempo de duração de uma vida normal.

A mundialização das artes e das letras, a proliferação dos produtos culturais e a disponibilização dos saberes na internet, para não falar na erosão dos valores e hierarquias oriundos do modernismo, criam as condições objetivas de uma situação inédita, que os artistas exploram – e de que suas obras nos dão conta, como guias de marcha. A internet, onde se situa a quase totalidade dos saberes disponíveis, sugere um método (a navegação pensada, intuitiva ou aleatória) e fornece a metáfora absoluta da situação da cultura mundial: uma fita líquida em cuja superfície se trata de aprender a pilotar o pensamento. A princípio, um método parece se evidenciar: essa capacidade de navegar no saber está prestes a se tornar a faculdade dominante do artista e do intelectual. Ligando os signos entre si, produzindo itinerários no espaço sociocultural ou na história da arte, o artista do século XXI é um *semionauta*.

O "guia de marcha" poderia ser, assim, o emblema da "Playlist", tal como o mapa geográfico foi o emblema de minha exposição anterior, a "GNS – Global Navigation System". Trata-se, por sinal, de um objeto que apresenta as mesmas características do mapa de estado-maior, ambos oriundos de uma coleta prévia de informações, ambos permitindo evoluir e se dirigir dentro de um dado espaço.

A lista de artistas poderia, aliás, ser mais ou menos igual, com a diferença de que os que constavam no "GNS", de John Menick a Pia Rönicke, praticam uma *topocrítica* que visa descrever e analisar os espaços onde se desenrola nossa vida cotidiana, ao passo que "Playlist" reúne navegadores da cultura cujo universo de referência é o das formas e o da produção imaginária. Questão de grau. Para além de seu campo de aplicação, esse método (a produção de formas mediante coleta de informações), empregado hoje em dia de modo mais ou menos consciente por diversos artistas, atesta uma preocupação dominante: afirmar a arte como uma atividade que permite se encaminhar, se orientar, em um mundo cada vez mais digitalizado. O uso do mundo, através do uso das obras do passado e da produção cultural em geral, poderia ser, também, o esquema diretivo dos trabalhos apresentados nessa exposição.

Na preparação da "Playlist", meu ensaio *Postproduction*[2] funciona como uma base de roteiro, ou melhor, como um libreto, no sentido que tem esse termo na ópera. Não posso evitar retomar aqui algumas linhas referentes a essa noção de cultura do uso das formas:

> Passando a gerar comportamentos e potenciais reutilizações, a arte contradiz a cultura "passiva" ao opor mercadorias e con-

[2] *Postproduction*, op. cit.

sumidores e *ao ativar* as formas dentro das quais se desenrola nossa vida cotidiana, sob as quais os objetos culturais se apresentam à nossa apreciação. E se a criação artística, hoje, pudesse ser comparada a um esporte coletivo, longe da mitologia clássica do esforço solitário? "São os espectadores que fazem os quadros", dizia Marcel Duchamp: a frase só adquire sentido quando a relacionamos com a intuição duchampiana sobre o surgimento de uma cultura do *uso*, na qual o sentido nasce de uma colaboração, de uma negociação entre o artista e as pessoas que vêm observá-la. Por que o sentido de uma obra não há de provir do uso que lhe é dado, além do sentido que lhe é conferido pelo artista? É essa a acepção daquilo que poderíamos nos arriscar a chamar de *comunismo formal*.

Outra hipótese: a chamada "arte de apropriação" não seria, pelo contrário, um ato de abolição da propriedade das formas?

O DJ é a figura popular concreta desse coletivismo, um técnico para quem a obra-agregada-à-sua-assinatura não compõe mais do que um ponto em uma longa linha sinuosa de retratamentos, reciclagens, tráficos, bricolagens.

Extraído do vocabulário do DJ ou do programador, o termo *playlist* designa de maneira geral a lista dos trechos "a serem tocados". É uma cartografia de dados culturais mas também uma prescrição aberta, um trajeto factível (e perpetuamente modificável) por outros.

Arte global ou arte do capitalismo

"A cultura é a regra; a arte é a exceção", lembrava para todos os fins úteis Jean-Luc Godard. No mesmo sentido poderíamos designar como artística toda atividade de formação e transformação da cultura. Formação e transformação: se o abuso do termo "crítica" pode facilmente ser irritante, o artista contemporâneo não mantém com sua própria cultura nacional (ou regional) nenhuma relação de complacência. Existe, contudo, uma fratura amplamente silenciada no seio do mundo da arte "globalizada", que depende menos de uma diferença cultural do que dos níveis de desenvolvimento econômico. A distância ainda existente entre o "centro" e a "periferia" não separa culturas tradicionais de culturas reformadas pelo modernismo, e sim sistemas econômicos em diferentes etapas de sua evolução em direção ao capitalismo global. Nem todos os países saíram do "industrialismo" para chegar ao que o sociólogo Manuel Castells qualifica de "informacionalismo", ou seja, uma economia em que o valor supremo é a informação, "criada, estocada, extraída, tratada e transmitida em linguagem digital"[3]. Uma sociedade em que "o que muda", prossegue ele, "não são as atividades em que a humanidade se envolve, e sim sua capacidade tecnológica de utilizar como força produtiva direta aquilo que faz a singularidade de nossa espécie: sua capacidade superior de manejar os símbolos"[4].

Se aceitarmos a ideia de que a economia ocidental é pós-industrial, ou seja, centrada na indústria dos serviços, na reciclagem das matérias-primas oriundas da "periferia", na gestão do inter-humano e da informação, podemos imaginar que a prática artística resulte transformada. Mas o que dizer dos artistas que vivem em sociedades industriais ou mesmo pré-industriais? Podemos acreditar realmente que todos os imaginários nasçam hoje em dia livres e iguais?

Raros são os artistas oriundos de países "periféricos" que conseguiram integrar o sistema central da arte contemporânea enquanto seguiam residindo em seu país de origem: apartando-se de todo determinismo cultural através de atos sucessivos de *reenraizamento*, figuras brilhantes como Rirkrit Tiravanija, Sooja Kim ou Pascale Marthine Tayou só conseguem tratar os signos de sua cultura local a partir do "centro" econômico – e não se trata aí de um aca-

---
[3] Manuel Castells, *La Société en réseaux. L'ère de l'information*. Paris, Fayard, 1998, p. 52.
[Edição brasileira: *A sociedade em rede – A era da informação: economia, sociedade e cultura*, trad. Roneide Venâncio Majer, São Paulo, Paz e Terra, 1999.]

[4] Ibid., p. 121.

so ou de uma simples decisão oportunista por parte deles. Existem, evidentemente, algumas exceções, algumas idas e vindas. Mas a importação-exportação das formas só parece funcionar de fato no próprio centro do circuito global.

Pois o que é uma economia global? Uma economia capaz de funcionar em escala planetária, em tempo real.

Acelerada e expandida desde a queda do muro de Berlim em 1989, a unificação da economia mundial automaticamente acarretou uma espetacular uniformização das culturas. Apresentado como o advento de um "multiculturalismo", esse fenômeno revela ser, antes de mais nada, político: a arte contemporânea se afina paulatinamente com o movimento da globalização, que padroniza as estruturas econômicas e financeiras enquanto faz da diversidade das formas o reflexo invertido, mas preciso, dessa uniformidade. Qual uma pintura de Arcimboldo – ou uma instalação de Jason Rhoades ou Thomas Hirschhorn –, o mundo contemporâneo se estrutura de um modo que é ainda mais implacável pelo fato de não se poder decifrar sua imagem senão como anamorfose, um desenho aparentemente abstrato não compreensível a olho nu – mas que a arte tem a função de expressar.

A globalização é econômica. Ponto. A arte apenas segue seus contornos, pois é o eco, mais ou menos distante, dos processos de produção – e, portanto, das formas simbólicas da propriedade, como veremos adiante. Arriscamo-nos, nesse ponto, a sermos injustamente acusados: cabe esclarecer, portanto, que longe de constituir um simples espelho em que a época pudesse se reconhecer, a arte não opera por imitação dos procedimentos e modos contemporâneos, e sim segundo um jogo complexo de ressonâncias e resistências que ora a aproxima da realidade concreta, ora a afasta rumo a formas mais abstratas ou arcaicas. Se para ser contemporâneo não é suficiente o uso da máquina, do vocabulário publicitário ou da linguagem binária, reconheçamos também que o ato de pintar não tem hoje o mesmo sentido que na época em que essa disciplina artística se adequava ao mundo do trabalho qual uma roda dentada em um mecanismo de relojoaria. O fato de esse não ser mais o caso em nada impede que a pintura continue existindo: em compensação, negar essa inversão é tachar a pintura de nulidade. A arte dá conta da evolução dos processos produtivos em sua totalidade, das contradições entre as práticas, das tensões entre a imagem que uma época faz de si mesma e o que ela projeta de fato. E em uma época em que as representações se interpõem entre as pessoas e sua vida cotidiana, ou entre os próprios seres humanos, é absolutamente normal que a arte por vezes se afaste da representação e se torne parte da realidade em si.

Karl Marx afirmava que a História – movimento de interação e interdependência crescente entre indivíduos e grupos que constituem a humanidade – tinha por destino lógico tornar-se universal. A arte "global" e o multiculturalismo refletem esse novo estágio do processo histórico a que chegamos com a queda do muro de Berlim, embora nem sempre lhe tragam uma resposta adequada e pertinente.

Pois o mundo da arte se vê hoje dominado por uma espécie de ideologia difusa, o multiculturalismo, que pretende, de certa forma, resolver o problema do fim do modernismo do ponto de vista quantitativo: se um número sempre crescente de "especificidades culturais" adquire visibilidade e consideração, isso significaria que estaríamos no caminho certo. Se uma nova versão do internacionalismo estivesse substituindo o universalismo modernista, as conquistas da modernidade se preservariam. É pelo menos o que alega Charles Taylor, teórico da "política de reconhecimento"[5], que considera uma "necessidade humana vital" essa "dignidade" concedida às minorias culturais dentro de uma comunidade nacional. Mas o que é válido para os Estados Unidos não é necessariamente válido em outro lugar: podemos ter certeza de que as culturas chinesa ou indiana constituem "minorias" capazes de se satisfazer com serem educadamente reconhecidas? Como conciliar a valorização das culturas "periféricas" com os códigos (ou valores) da arte con-

---

[5] Charles Taylor, *Multiculturalisme. Différence et démocratie*, Paris, Champs Flammarion, 1994. [Edição portuguesa: *Multiculturalismo*, Lisboa, Instituto Piaget, 1998.]

temporânea? O fato de esta representar efetivamente uma construção histórica ocidental – o que a ninguém ocorre questionar – significa que é preciso reabilitar a tradição?

O multiculturalismo artístico resolve o problema sem ser categórico: ele se apresenta como uma ideologia da dominação da língua universal ocidental sobre culturas que só são valorizadas na medida em que se mostram típicas e, logo, portadoras de uma "diferença" assimilável por essa linguagem internacional. No espaço ideológico "multicultural", um bom artista não ocidental deve, portanto, testemunhar sua "identidade cultural", como se ele ou ela usasse uma tatuagem indelével. Assim, o artista se apresenta, de saída, como sendo alienado por seu contexto, criando uma oposição espontânea entre o artista dos países "periféricos" (ao qual bastaria mostrar sua diferença) e o artista do "centro" (que tem obrigação de manifestar uma distância crítica em relação aos princípios e formatos de sua cultura mundializada). Esse fenômeno tem um nome: reificação.

Assim, o multiculturalismo se apresenta como uma ideologia de naturalização da cultura do Outro. É também o Outro visto como "natureza" presumida, como reserva de diferenças exóticas, em oposição à cultura americana vista como "mundializada", sinônimo de universal. Ora, o artista reflete menos a sua cultura do que o modo de produção da esfera econômica (e portanto política) dentro da qual se move. O surgimento de uma "arte contemporânea" na Coreia do Sul, na China ou na África do Sul reflete o estado de cooperação de uma nação com o processo de mundialização econômica, e a entrada de seus membros na cena artística internacional decorre diretamente das transformações políticas ocorridas nessa nação. Para tomar um exemplo contrário, a importância assumida pela *performance* ou o *happening* nos países do antigo bloco soviético a partir dos anos 1960 atesta tanto a impossibilidade de lá fazer circular objetos quanto as virtudes políticas da ação catártica e a necessidade de *não deixar vestígios* em um contexto ideológico hostil. Como não ver que a arte contemporânea é antes de mais nada contemporânea da economia que a cerca?

Por outro lado, seria preciso ser muito ingênuo para acreditar em uma obra de arte "contemporânea" como sendo expressão "natural" da cultura de que seu autor se origina, como se a cultura constituísse um universo independente e fechado sobre si mesmo; ou, pelo contrário, suficientemente cínico para promover a ideia do artista como "bom selvagem" de sua língua natal, portador de uma diferença espontânea, porque ainda não contaminada pelo colonizador branco. Ou seja, pelo modernismo.

Existe, porém, uma alternativa para essa visão "globalizada" da arte contemporânea: essa alternativa afirma que não existem biotipos culturais puros, e sim tradições e especificidades culturais permeadas por essa mundialização da economia. Parafraseando Nietzsche, não existem fatos culturais, e sim a interpretação desses fatos. O que poderíamos chamar de *interculturalismo* tem base nesse duplo diálogo: aquele que o artista mantém com sua tradição, ao qual vem se somar um diálogo entre essa tradição e o conjunto de valores estéticos herdados da arte moderna que fundamentam o debate artístico internacional. Os artistas *interculturalistas* importantes hoje em dia, de Rirkrit Tiravanija a Navin Rawanchaikul, de Pascale Marthine Tayou a Subodh Gupta, de Heri Dono a Sooja Kim, escoram seu vocabulário na matriz modernista e releem a história das vanguardas à luz de seu ambiente visual e intelectual específico. A qualidade do trabalho de um artista depende da riqueza de suas relações com o mundo, e essas relações são determinadas pela estrutura econômica que as formata com mais ou menos força – mesmo que em teoria, felizmente, cada artista possua os meios de evadir-se ou apartar-se.

Arte de apropriação ou comunismo formal

Em 2003, Bertrand Lavier "refaz" com tubos de neon uma pintura de Frank Stella; Bruno Peinado, três ampliações de César dispostas em chapéus gigantes; John Armleder, uma pintura no estilo de Larry Poons; e Jonathan

Monk, a versão cinematográfica de uma edição de Sol LeWitt. Embora remetam a obras anteriores, essas que acabo de enumerar não se inserem em uma "arte da citação". Praticar a citação é apelar para a autoridade: ao medir-se ao mestre, o artista se posiciona em uma linhagem histórica através da qual legitima, em primeiro lugar, sua própria posição, mas também, tacitamente, uma visão da cultura em que os signos "pertencem" inequivocamente a um autor (o artista x ou y), ao qual a obra remete de maneira irônica, agressiva ou admirativa. Nas telas de Julian Schnabel dos anos 1980 a "citação" às vezes se limitava, aliás, à escrita de um nome próprio. Ao induzir o empréstimo, o roubo ou a restituição dos signos ao seu "autor", ela naturaliza a ideologia da propriedade privada das formas, pelo simples fato de tecer um vínculo indissolúvel entre essas formas e a autoridade de uma assinatura individual ou coletiva.

Nada disso está presente na atitude dos artistas citados acima, de John Armleder a Jonathan Monk. Sua relação com a história da arte não implica uma ideologia das propriedades dos signos, e sim uma cultura do uso das formas e de sua socialização, para a qual a história da arte constitui um repertório de formas, posturas e imagens, uma caixa de ferramentas em que cada artista pode buscar a sua. Em outras palavras, um equipamento coletivo que cada um seria livre para usar segundo suas necessidades pessoais.

Não é anódino o fato de essa visão "coletivista" da arte surgir no momento do triunfo planetário do modelo econômico liberal, como se aquilo que é reprimido nesse sistema se concentrasse no universo das formas, nele dispondo de um espaço para preservar elementos ameaçados e elaborar anticorpos... O desenvolvimento subterrâneo de uma cultura coletivista na internet, dos *freewares* informáticos (o sistema Linux) ao *download* selvagem de trechos de músicas ou filmes, mas também a importância estratégica assumida pelo debate sobre o *copyright* artístico e o direito de reprodução das obras assinalam a formação de um território intersticial não regido pela lei dominante.

O que parece ser mais difícil de entender para um historiador da arte afastado das práticas contemporâneas é que essa cultura do uso das formas dissolve as relações imaginárias que outrora ligavam os empréstimos a suas fontes, os "originais" às "cópias". Essa cultura atesta, pelo contrário, um imaginário caótico e ao mesmo tempo coletivista, em que os percursos entre os signos e o protocolo de sua utilização têm mais importância do que os signos em si. Embora todos possam constatar que o imaginário das sociedades pós-industriais é assombrado pelas figuras do retratamento, da reciclagem e do uso[6], esse imaginário se traduz no discurso da arte contemporânea pelo termo "arte de apropriação". Desde o início dos anos 1980, *appropriation art* é, assim, a expressão mais comumente empregada, pelo menos em inglês, para qualificar práticas artísticas baseadas na apresentação de uma obra ou de um produto preexistente. Tais práticas, evidentemente, não nasceram ontem, e, para além do uso de obras de arte, a noção de arte de apropriação serve para qualificar o conjunto das práticas derivadas do *ready-made* de Marcel Duchamp.

Com Duchamp a arte ratifica o princípio geral do capitalismo moderno: já não trabalha mais transformando manualmente uma matéria inerte. O artista se torna o primeiro consumidor da produção coletiva, uma força de trabalho que vem se conectar a essa ou àquela jazida de formas: ele é, sem dúvida, sujeito ao regime geral, mas é livre para dispor de seu espaço e de seu tempo, à diferença do operário obrigado a "conectar" sua força de trabalho a um dispositivo de produção que existe fora dele próprio e sobre o qual ele não tem o menor controle.

Em *A ideologia alemã*, Karl Marx descreve o corte que se operou no surgimento do capitalismo como uma passagem dos "instrumentos de produção naturais" (no trabalho da terra, por exemplo) para os "instrumentos de produção criados pela civilização". Assim, o capitalismo poderia ser descrito como um primeiro estágio da minoração da *matéria-*

---

[6] Para uma análise das bases materiais desse imaginário, cf. *Postproduction*, op. cit.

-*prima*. Na arte o capital é uma mescla de labor acumulado (as obras de arte e os produtos de consumo) e instrumentos de produção (o conjunto das ferramentas disponíveis em um dado momento para a produção das formas).

Uma anotação feita por Marcel Duchamp para uma obra jamais realizada enfatiza ainda mais sua visão coletivista da atividade artística e o papel bastante temporário que ele atribuía à assinatura: "Comprar ou pintar quadros conhecidos ou desconhecidos e assiná-los com o nome de um pintor conhecido ou desconhecido – a *diferença* entre a 'feitura' e o nome inesperado para os 'especialistas' –, é essa a obra autêntica de Rrose Sélavy, e desafia as contrafações"[7]. Duchamp desenvolve aqui uma problemática do lapso (a "diferença") existente entre o estilo e o nome, entre o objeto e seu contexto cultural e social. Nada é mais alheio ao fetichismo da assinatura inerente ao conceito de apropriação do que essa estética das *relações* entre coisas e signos expressa pelos *ready-made*. No pensamento duchampiano, a arte começa nessa zona "infrafina" pela qual o signo se descola daquilo que supostamente significa, no "jogo" que se constrói entre o nome do artista e o objeto que o manifesta. Inversamente, a relação de propriedade revela ser tristemente equívoca: o objeto possuído, ou apropriado, torna-se a expressão pura e simples de seu possuidor, seu duplo na ordem jurídica e econômica.

O movimento *anticopyright* (*Copyleft*), de que a internet representa simultaneamente o modelo e o instrumento privilegiado, luta pela abolição do direito de propriedade das obras intelectuais, resultado lógico do fim dos tempos modernos. Como escreve o grupo de ativistas reunidos sob o nome Critical Art Ensemble[8], "antes do Século das Luzes o plágio contribuía para a difusão das ideias. Um poeta inglês podia pegar um soneto de Petrarca, traduzi-lo e atribuí-lo a si mesmo. A prática era perfeitamente aceitável e em acordo

---

[7] Marcel Duchamp, *Notes*, Paris, Champs Flammarion, 1999, p. 105.

[8] Critical Art Ensemble, "Utopie du plagiat, hypertextualité et production culturelle électronique", in *Libres enfants du savoir numérique*, Paris, L'Éclat, 2000, p. 381. <www.freescape.eu.org>.

com a estética clássica da arte enquanto imitação. O valor real dessa atividade residia menos no reforço de uma estética clássica do que na difusão de obras em regiões que elas não teriam alcançado de outro modo". Em *Pour une critique de l'économie politique du signe*[9], Jean Baudrillard explica que "em um mundo que é reflexo de uma ordem" a criação artística "propõe-se apenas a descrever". A obra de arte, prossegue ele, "se pretende o perpétuo comentário de um texto dado, e todas as cópias que nele se inspiram são justificadas como reflexo multiplicado de uma ordem em que, seja como for, o original é transcendente. Em outras palavras, a questão da autenticidade não se coloca, e a obra de arte não é ameaçada pelo seu duplo". Posteriormente as condições de significação da obra de arte sofreram uma mudança radical, já que se trata de "preservar a autenticidade do signo", combate em que a assinatura assume o papel que conhecemos. A organização da arte em torno da assinatura do artista, caução do conteúdo e da autenticidade de seu discurso, só se impõe plenamente no final do século XVIII, no momento em que se firma o sistema capitalista manufatureiro: o próprio artista se tornava o valor amoedável central no mundo das trocas, e seu papel se aproximava daquele do negociante, cujo trabalho consiste em deslocar um produto de um local de fabricação para um local de venda. O que faz Duchamp com seus *ready-made*? Desloca o porta-garrafas de um ponto para outro do mapa econômico – da esfera da produção industrial para a do consumo especializado, a arte.

Ao utilizar o conjunto da indústria humana como "meio de produção", Duchamp trabalha a partir do *trabalho acumulado* pelos outros. Ora, a globalização da cultura ampliou consideravelmente o campo desses produtos utilizáveis: o capital artístico nunca foi tão importante, o artista nunca teve contato com tamanho potencial de *trabalho acumulado*. A arte neste início do século XXI traz a marca dessa transformação. Como o artista se tornou um consumidor

---

[9] Jean Baudrillard, *Pour une critique de l'économie politique du signe*, Paris, Gallimard, 1972. [Edição brasileira: *Para uma crítica da economia política do signo*, trad. Aníbal Alves, São Paulo, Edições 70, 1995.]

da produção coletiva, o material de seu trabalho pode agora provir do exterior, de um objeto que não pertença ao seu universo mental pessoal, e sim, por exemplo, a outras culturas que não a sua. O imaginário contemporâneo está desterritorializado, à semelhança da produção global.

Estética da "réplica": a desfetichização da arte

Como assinala o Critical Art Ensemble, "se a indústria já não pode se basear no espetáculo da originalidade e da unicidade para diferenciar seus produtos, sua rentabilidade despenca"[10]. Esse pilar da economia capitalista é que é atacado pelos artistas de que tratamos aqui: suas obras são doravante menos a expressão de um estilo reconhecível do que um comprimento específico de ondas cujas modulações o espectador irá se esforçar para acompanhar. A prática artística de um Richard Prince, de um Bertrand Lavier, de um John Armleder ou de um Allen Ruppersberg, para citar apenas artistas precursores dessa evolução, consiste em criar modos de codificação e protocolos de uso para signos, e não em fabricar objetos.

Essas práticas *hipercapitalistas* se fundam na ideia de uma arte sem matéria-prima, baseada no já-produto, "os objetos desde já socializados", para retomar a expressão de Franck Scurti. Às vezes, mesmo o ato de remostrar não se distingue do ato de refazer – a diferença é insignificante, como é o caso do trabalho de Jacques André, que em uma exposição pessoal mostra obras de outros artistas (uma peça de Jacques Lizène, por exemplo), um friso exibindo livros e discos recentemente comprados, lado a lado com uma pilha de livros de Jerry Rubin (*Do It*), de que ele adquiriu em Bruxelas todos os exemplares disponíveis. Fabricar, conceber, consumir: facetas de uma mesma atividade de que a exposição é o receptáculo temporário. Quando Dave Muller organiza um de seus "three days week-end", exposição-

---
[10] Critical Art Ensemble, op. cit., p. 382.

-evento recorrente para a qual convida diversos artistas, ele não está mudando seu *status* para o de curador: trabalhar com os signos emitidos por outros constitui a força em si de seu trabalho como artista. A iconografia de seus desenhos advém, por sinal, de materiais para-artísticos (convites, publicidades, locais de exposição...) que apresentam estéticas heterogêneas unificadas pelo realismo de seu traço. Já os desenhos de Sam Durant misturam Neil Young e Robert Smithson, os Rolling Stones e a arte conceitual no âmbito de uma arqueologia crítica da vanguarda. As instalações de Carol Bove exploram o mesmo período histórico, os anos 1965-1975, durante os quais a experimentação artística e as experiências sobre a vida cotidiana andavam par a par e, através das utopias *hippies*, atenuavam a diferença entre "alta cultura" e cultura popular.

O universo musical, aliás, é que nos fornece ainda hoje um modelo operacional. Quando um músico utiliza um *sample*, quando um DJ faz mixagem de discos, eles sabem que seu próprio trabalho poderá ser retomado e servir de material de base para novas operações. Na era digital, o *trecho*, a obra, o filme, o livro, são pontos *de* uma linha movente, elementos de uma cadeia de signos cuja significação depende da posição que eles ocupam. Assim, a obra de arte contemporânea não se define mais como a conclusão do processo criativo, e sim como uma interface, um gerador de atividades. O artista compõe a partir da produção coletiva, se move em redes de signos, inserindo suas próprias formas em cadeias existentes. Um extenso texto de Allen Ginsberg, *Howl* [Uivo], constitui assim a matéria de *Singing Posters* [Pôsteres cantantes] (2003), obra em que Allen Ruppersberg opera por transcodificação, metamorfoseando em uma instalação complexa a escrita do poeta da *beat generation*. O "comprimento de ondas" de uma obra, qualquer que seja ela, pode ser transferido de um meio expressivo para outro, de um formato para outro: o pensamento plástico na era digital.

Em que princípio, que jogo de noções, que visão da cultura se baseiam essas práticas de reescritura, de utilização de obras existentes? Trata-se de uma arte da cópia, da apropriação? Como já vimos, a época afirma, pelo contrário, a necessidade de um coletivismo cultural, de uma colocação em comum dos recursos, que se manifesta, para além da arte, em todas as práticas oriundas da cultura da internet. Trata-se de uma estética cínica, de que a pilhagem seria a palavra mestra? Ou do sintoma de uma amnésia generalizada que se estenderia à história da arte? Inversamente, quando Sam Durant reproduz em doze exemplares a imagem de uma obra efêmera de Robert Smithson (*Upside Down, Pastoral Scene*, 2002), sua fonte transparece claramente. Quando Jonathan Monk "adapta" Robert Barry ou Sol LeWitt, o referente é igualmente exposto de forma muito nítida. A citação não é mais uma questão – como tampouco o é a "novidade", tão cara aos nostálgicos do modernismo.

Tal estética seria incompreensível se não a remetêssemos a uma evolução geral das problemáticas artísticas, as quais se deslocam do espaço para o tempo; cada vez mais os artistas consideram seu trabalho do ponto de vista temporal, e não mais estritamente espacial[11]. Mais uma vez, a evolução da economia mundial nos fornece um modelo para compreender esse fenômeno: a desmaterialização da economia, que o americano Jeremy Rifkin descreveu pela expressão "era do acesso", resume-se a uma paulatina desvalorização da propriedade[12]. Quando um comprador adquire um objeto, explica ele, sua relação com o vendedor é de curta duração. No caso de uma locação, pelo contrário, a relação com o prestatário é permanente. Incorporado em todo tipo de rede comercial e de compromissos financeiros (locação, *leasing*, concessão, direitos de admissão, de adesão ou assinatura), o consumidor vê a sua vida inteira se tornar mercadoria. Segundo Jeremy Rifkin, "a troca de bens entre vendedores e compradores – característica central da economia de mercado moderna – é substituída por um sistema de acesso a curto prazo que opera entre vendedores

---

[11] Sobre essa problemática e seus desdobramentos na arte desses últimos anos, cf. dois livros do mesmo autor, *Formes de vie*, notadamente o capítulo II, 3: "A obra como evento", ou ainda *Esthétique relationnelle*, op. cit.

[12] Jeremy Rifkin, *L'Âge de l'accès*, Paris, La Découverte, 2005. [Edição brasileira: *A era do acesso*, trad. Maria Lúcia G. L. Rosa, São Paulo, Makron Books, 2004.]

e clientes organizados em rede". Em termos estéticos, é a morte do modo aquisitivo, substituído por uma prática generalizada do acesso à experiência, o objeto já sendo apenas um meio. É essa uma evolução lógica do sistema capitalista: o poder, outrora baseado na propriedade fundiária (o espaço), deslocou-se lentamente para o capital puro (o tempo, no interior do qual o dinheiro "trabalha").

O que é uma cópia, uma reprise, um *remake*, dentro de uma cultura que valoriza o tempo em detrimento do espaço? A repetição, dentro do tempo, chama-se reprise, ou *réplica*. É este último termo que serve para qualificar o ou os terremotos que sucedem ao sismo original. Esses abalos, mais ou menos atenuados, distantes e idênticos ao primeiro, pertencem a este, sem, no entanto, repeti-lo ou constituir entidades separadas dele. A arte da pós-produção, no âmbito geral de uma cultura do uso, depende dessa noção de réplica: a obra de arte é um evento que constitui a *réplica* de outra obra ou de um objeto preexistente; afastada no tempo do "original" a que está ligada, essa obra pertence, contudo, à mesma cadeia de eventos. Situa-se no exato "comprimento de ondas" do sismo original, levando a que nos reatemos à energia de que é oriunda, ao mesmo tempo que dilui essa energia no tempo, ou seja, retira-lhe seu aspecto de fetiche histórico. Utilizar as obras do passado, como fazem Bertrand Lavier, Bruno Peinado e Sam Durant, é reativar uma energia, é afirmar a atividade dos materiais reciclados. É também participar da desfetichização da obra de arte. O caráter deliberadamente transitório da obra de arte não é afirmado em sua forma: esta é, às vezes, sólida e duradoura, e já não se trata de afirmar qualquer tipo de imaterialidade da obra de arte quarenta anos depois da arte conceitual. A "desfetichização" da obra de arte não tem nenhuma relação com seu *status* de objeto: as mercadorias-vedetes de nossa época não o são, aliás, como lembra Jeremy Rifkin. Não, esse caráter transitório e instável é representado nas obras contemporâneas pelo *status* que elas reivindicam dentro da cadeia cultural: o *status* de evento ou de réplicas de eventos passados.

Pós-pós,
ou os tempos altermodernos

Com uma expressão tão esclarecedora quanto lapidar, Peter Sloterdijk define a era moderna como sendo regida pelo "culto da combustão rápida" – como sendo a época da superabundância energética, do crescimento permanente e da "epopeia dos motores"[1]. Teremos realmente saído deste mundo? Moderno, pós-moderno, altermoderno... Termos que servem, antes de mais nada, para periodizar – ou seja, em última instância, tomar partido dentro da História, enunciando nosso pertencimento a este ou aquele relato da contemporaneidade. De acordo com Sloterdijk, porém, seríamos ainda hoje "fanáticos da explosão, adoradores dessa liberação rápida de uma grande quantidade de energia. Acho que os filmes de aventura dos nossos dias", prossegue ele, "os *action movies*, agrupam-se todos em torno dessa segunda cena primitiva da modernidade: a explosão de um carro, de um avião. Ou, melhor ainda, a de um grande tanque de gasolina, arquétipo do movimento divino de nossa época"[2]. A primeira dessas "cenas primitivas" se passa em 1859, na Pensilvânia: no dia em que é erigido o primeiro poço de petróleo, nas proximidades de Titusville. "Desde então a imagem da fonte jorradora de petróleo, que os especialistas chamam de *gusher*, tornou-se um dos arquétipos não apenas do sonho americano, mas pura e simplesmente do *way of life* moderno, para o

---

[1] Peter Sloterdijk, *Le Palais de cristal. À l'intérieur du capitalisme planétaire*, Hachette, 2008, p. 321. [Edição portuguesa: *Palácio de Cristal: para uma teoria filosófica da globalização*, Lisboa, Relógio d'Água, 2008.]

[2] Ibid.

qual as energias facilmente acessíveis abriram as portas."³ Curiosamente, o ano de 1859 é aquele em que Édouard Manet pintava seu *Bebedor de absinto*. Aquele ano em que Baudelaire escrevia, a respeito de Eugène Boudin, que vislumbrava em suas telas um universo em fusão: "Essas trevas caóticas, essas imensidões verdes e rosa, suspensas e somadas umas às outras, essas fornalhas abertas, esses firmamentos de cetim preto ou roxo, amassado, enxovalhado ou rasgado, esses horizontes de luto ou rutilantes de metal fundido [...] me subiram ao cérebro como bebida capitosa ou como a eloquência do ópio"⁴. Nessa mesma resenha do Salão, em que se opõe vigorosamente ao "horror industrial" como sendo o pior inimigo da arte, ele vislumbra, nas tranquilas paisagens impressionistas de Boudin, o mundo "rutilante de metal fundido" que será o mundo, explosivo e pulverizado, da modernidade produtivista.

Essa forma explosiva se manifesta de modo explícito ao longo de todo o século XX: no elogio da guerra pelos pintores futuristas, na "visão cubista" que Fernand Léger percebeu nas trincheiras da Primeira Guerra Mundial, nas formas estraçalhadas do dadaísmo... A pintura modernista buscava canalizar ou materializar a energia: o *dripping* de Jackson Pollock representa uma forma pura dessa iconografia da explosão, que reencontramos na imagética da *pop art*, para a qual, mais ainda do que as alusões literais de Roy Lichtenstein às explosões da história em quadrinhos, a ampliação (*blow up*) e a multiplicação representam equivalentes plásticos da deflagração. A serialidade do pop não é uma tradução apenas da produção de massa, mas também da reação em cadeia da explosão atômica, a imagem de um mundo decomponível ao infinito pela fissão nuclear. A energética modernista, porém, não é somente representada, ela também se traduz em atos: é preciso arrasar Veneza (os futuristas), arrrebentar os instrumentos musicais (Fluxus), libertar a cor... O programa modernista consiste em explodir, estourar e decompor o visível, nas formas

---
³ Ibid., p. 323.
⁴ Charles Baudelaire, "Le Salon de 1859".

ou nos fatos. Percebe-se, assim, uma "liberação rápida de grande quantidade de energia" nos *happenings* do grupo Gutaï ou dos "pró-ação" vienenses, nas máquinas autodestrutivas de Jean Tinguely, nas *performances* catárticas de Joseph Beuys ou nos *Quadros-fogo* de Yves Klein. A beleza? "Convulsiva", dirá André Breton, ou, melhor ainda, "explosiva-fixa": o automatismo surrealista, qual uma instalação de brocagem, propõe-se como objetivo liberar as forças inconscientes enterradas no subsolo de nossa psique, preparando os espíritos para a revolução por vir. Não é a revolução a tradução política da explosão?

Um dos aspectos específicos do modernismo do século XX, segundo Walter Benjamin, estava em sua estética do *choque*. Outro aspecto, como vimos, foi sua paixão pela *radicalidade* – um pensamento que poda, corta. Quem era, afinal, esse homem moderno, senão o bárbaro do século XX, ávido por "derrubar velhas barreiras" e, conforme a expressão de Maiakovski, jogar fora a cultura de ontem "do navio a vapor da modernidade"? Bárbaro, também, o sonho futurista de arrasar Veneza. Bárbaros, os dadaístas. Selvagens, esses pintores que se contentam com superfícies monocromáticas. Ora, o bárbaro sempre é definido do lado de dentro das muralhas pelos defensores do recinto da cidade. Ele designa as hordas em movimento que assediam a praça-forte estática. O princípio do "choque", que impregna a modernidade do século XX, é uma palavra de ordem de retirada da adesão, a valorização de uma ferramenta que permite desprender de seu pedestal as certezas calcificadas, despregar de seus nichos os ícones tradicionais. Fazer arte a marteladas, tal foi o programa das vanguardas modernistas... O dadaísmo, emblemático nesse sentido, deixa atrás de si uma iconografia da destruição, da explosão e da exploração espontânea do material humano. "Tudo o que o artista cospe é arte", dizia Kurt Schwitters.

Stéphane Mallarmé, na época em que tratava de dinamitar o espaço poético, frequentava militantes anarquistas considerados perigosos, alguns dos quais ainda armavam em Paris bombas absolutamente reais. Será um acaso o fato de Marcel Duchamp, que buscou seu credo artístico no autor de *Un coup de dés jamais n'abolira de hasard* [Um lance de dados jamais abolirá o acaso], ler assiduamente o grande pensador libertário e individualista de seu tempo, Max Stirner, autor de *L'Unique et sa propriété*[5]? Sob a égide da radicalidade, ainda está por ser feito um paralelo entre o anarquismo e o surgimento das vanguardas do século XIX, mas podemos desde já observar suas convergências perturbadoras e estabelecer diversas analogias – por exemplo, entre a tipografia estourada usada pelo dadaísmo e o movimento da explosão ou, de modo mais geral, entre o pensamento de um Proudhon ou de um Bakunin e a individualização dos critérios artísticos ao longo do século XX, era das "mitologias individuais" celebradas pelo curador Harald Szeemann. O anarquismo radical permanece, na análise das vanguardas modernistas, uma espécie de *impensado* que seria preciso considerar no âmbito de uma teoria energética da arte.

Sempre é interessante identificar o que, no seio de um movimento geral, avança na diagonal. Em meio ao arrebatamento mecânico e elétrico dedicado ao "culto da combustão rápida" é que Marcel Duchamp privilegia as "energias tímidas", frágeis minérios que a arte tem o poder de extrair. Ele imagina, assim, um "aparelho para registrar/ colecionar e transformar as pequenas manifestações externas de energia (em excesso ou perdidas), como o excesso de pressão sobre um interruptor, a exalação da fumaça do cigarro, o crescimento de cabelos e unhas, a queda da urina e das fezes, os movimentos espontâneos de medo, espanto etc."[6]. Já em 1913, a obra de Duchamp saía da órbita do produtivismo ocidental e antecipava o universo das energias renováveis: sua obra estimula a desobstruir o espaço, a reutilizar os mesmos objetos de diferentes modos, a deslocar as coisas em vez de produzir coisas novas. Jean--François Lyotard, que em 1979 iria popularizar o termo

---
[5] Max Stirner, *L'Unique et sa propriété*, Paris, Stock, 1972. [Edição brasileira: *O único e sua propriedade*, trad. João Barrento, São Paulo, Martins Martins Fontes, 2009.]
[6] Marcel Duchamp, op. cit., p. 107.

"pós-moderno", descreve o processo artístico como uma transformação de energia, um sistema ordenado de reciclagem da matéria. Em total coerência com essa visão da arte, ele "pulveriza" o tema da filosofia clássica, substituindo as noções desta sobre *fluxos libidinais, dispositivos pulsionais, conexões, trocadores de energia*[7]. O modernismo, indexado no progresso e na superabundância, articula-se assim em torno da imagem de uma torre de perfuração plantada nas profundezas do indivíduo e da sociedade, e de uma deflagração do visível. Se tivéssemos de resumi-la em uma imagem, esta poderia ser a da explosão em câmera lenta que conclui o filme de Michelangelo Antonioni, *Zabriskie Point*: tanto um movimento de decomposição e análise como uma detonação.

O surgimento do termo "pós-moderno" é contemporâneo ao choque do petróleo de 1973, momento em que o mundo toma concretamente consciência dos limites das reservas de energias fósseis. Em outras palavras, com a ruptura econômica e simbólica de 1973 o próprio futuro é que se vê brutalmente hipotecado no imaginário ocidental. Será uma coincidência que o termo "pós-modernismo" tenha se propagado na segunda metade dos anos 1970, como um momento de digestão do fim da "superabundância"? O modernismo do século XX foi esse momento histórico em que a produção de bens e signos se fundamentou em uma confiança ilimitada quanto à energia disponível, em uma infinita projeção no futuro. É essa ideologia que o choque do petróleo vem esfumar. A ideologia pós-moderna nasce na esteira da crise energética, assim como uma depressão melancólica compõe o ricochete de uma perda brutal – no caso, a perda da despreocupação acerca da vitalidade intrínseca do mundo, a morte do progresso (técnico, político, cultural) como base ideológica. Pior do que uma perda, pois anuncia e interpreta uma extinção situada em um futuro indefinido, o choque petrolífero de 1973 representa a "cena primitiva" do pós-modernismo. Desde então a economia mundial

---

[7] Jean-François Lyotard, *Des dispositifs pulsionnels*, op. cit.; *Économie libidinale*, Paris, Éditions de Minuit, 1974.

tem se esforçado para nunca mais depender da exploração de matérias-primas: passa-se da produção industrial para uma economia da pós-produção. Nos países hiperindustrializados, o capitalismo desconectou-se dos recursos naturais, orientando-se para a inovação tecnológica – opção que fez o Japão –, a financeirização – que foi a escolha dos Estados Unidos – e, de modo mais geral, a indústria dos serviços. A economia se desconecta o quanto pode da geografia concreta, deixando a exploração das matérias brutas para os países ditos "emergentes", doravante considerados minas a céu aberto e reservas de mão de obra barata.

O pós-modernismo, pelo menos em seu primeiro período, assemelha-se então a um pensamento de luto, um longo episódio melancólico da vida cultural. Tendo a história perdido seu rumo, só restava confrontar-se com um espaço-tempo imóvel no qual surgiam, tal como reminiscências, fragmentos mutilados do passado, essas *"museum's ruins"* com que Douglas Crimp definia a arte pós-moderna em 1980[8]. Essa postura melancólica constitui o primeiro período do pós-modernismo: caracteriza-se por uma intensiva citação de formas identificáveis da história da arte e pelo tema do "simulacro", em que a imagem substitui a realidade dentro da própria realidade: o tema do simulacro corresponde simbolicamente à desrealização paulatina da economia, cada vez menos ligada a uma realidade geológica ou geográfica. Não se conseguindo definir uma possível direção da História, decreta-se o seu final: ao eterno retorno das formas modernistas nos anos 1980, década do "neo" ("neo-geo", neorromantismo, neossurealismo etc.), sucederia a relativização da própria noção de História pelo viés do pensamento pós-colonial.

O segundo período do pós-modernismo, em que o multiculturalismo suplanta a melancolia, nasce do fim da Guerra Fria: 1989, ano da queda do Muro de Berlim, é também o ano da exposição que, por controversa que tenha sido, inaugurou simbolicamente a mundialização artística,

---

[8] Douglas Crimp, com fotografias de Louise Lawler, *On The Museum's Ruins*, MIT Press, 1993.

a saber: "Les Magiciens de la Terre". A História então parece sair da glaciação gerada pelo silencioso enfrentamento dos dois grandes blocos políticos. Ao "Grande Relato" modernista sucede o relato da globalização: por meio da abertura para outras tradições artísticas e outras culturas que não as do mundo ocidental, o pós-modernismo pós--colonial seguiu o caminho aberto pela economia mundial, permitindo um requestionamento planetário das visões do espaço e do tempo, que ficará como o legado histórico do pós-modernismo. O relógio histórico está doravante sincronizado, ou seja, já não se baseia tão somente no meridiano de Greenwich do progresso, mas inclui os múltiplos fusos horários culturais.

Neste início do século XXI, estamos prestes a sair dessa época definida pelo prefixo "pós", que unia no sentimento de um mesmo "após" os mais diversos campos do pensamento. Pós-moderno, pós-colonial, pós-feminista, pós-humano, pós-histórico... Situar-se no espaço de um eterno "após" das coisas, ou seja, numa espécie de subúrbio da História, implica de saída um pensamento em forma de notas de rodapé. Esse prefixo "pós" é que terá, afinal, constituído o grande mito do final do século XX. Ele designa a nostalgia de uma idade de ouro admirada e ao mesmo tempo odiada. Remete a um evento passado que seria impossível ultrapassar, de que o presente seria dependente e cujos efeitos há que administrar. Nesse sentido é que o pós-modernismo é um pensamento intrinsecamente tributário, ou até prisioneiro, da origem. Para evoluir no espaço do "pós" era preciso antes enunciar de onde se vinha, situar-se em relação a um contexto histórico anterior. O que melhor caracteriza o período pós-moderno, senão a mitificação da origem? O sentido de uma obra, para esse segundo pós-modernismo pós-colonial, depende em última instância de seu lugar de enunciação: "de onde você vem?" é sua pergunta primordial e o essencialismo, seu paradigma crítico. O pertencimento a um sexo, a uma etnia, a uma comunidade sexual ou a uma nação determina, assim, em última instância, a significação das obras; todos os signos são carimbados: o multiculturalismo, transformado em metodologia crítica, assemelha-se a um sistema de distribuição do sentido que rotula os indivíduos às suas reivindicações sociais, reduz seu ser e sua identidade e repatria todo sentido para uma origem considerada como um revelador político. É esse modelo crítico que está hoje em crise, essa versão multiculturalista da diversidade cultural que deve ser requestionada, não em proveito de um "universalismo" de princípio ou de um novo esperanto modernista, mas no âmbito de um novo momento moderno, baseado na tradução generalizada, na forma da errância, uma ética da precariedade e uma visão heterocrônica da História.

Desde o final do século XX, nosso imaginário espacial sofreu transformações espetaculares, devidas à rapidez das comunicações e das telepresenças, à intensificação dos deslocamentos, à globalização dos bens e dos signos culturais: o espaço encolheu. Já não passa, como escreveu Sloterdijk, "do vazio entre dois postos de trabalho eletrônicos"[9]. Michel Serres considera hoje o *trocador* como a unidade espacial de base, colocando a questão da habitabilidade do mundo: "Se os trocadores hoje constituem núcleos de um espaço em que doravante não fazemos mais do que passar, como morar nele? Resposta: já não moramos. Será possível pensar, representar um jardim da errância?"[10].

A arte de hoje aceita esse desafio, explorando esse novo espaço-tempo da "condutividade", no qual os suportes e as superfícies cederam lugar a trajetos. Os artistas se tornam os percorredores de um mundo-hipertexto que já não é o espaço-plano clássico, e sim uma rede infinita tanto no tempo como no espaço, e são menos produtores de formas do que agentes de sua própria *"viatorização"*, ou seja, da regulagem de seu deslocamento histórico e geográfico. A problematização da tradução na arte de hoje caminha lado a lado com uma estética do deslocamento e uma ética do exílio. A própria topologia, que é uma geometria das tradu-

---
[9] Peter Sloterdijk, *Le Palais de cristal*, op. cit., p. 363.
[10] Michel Serres, *Atlas*, Paris, Champs Flammarion, 1987, p. 61 [Edição portuguesa: *Atlas*, trad. João Paz, Lisboa, Instituto Piaget, 1998.]

ções espaciais, representa nesse contexto de pensamento um modo de figuração privilegiado – formas exiladas de um espaço para outro. O modo de errância, modelo visual e força de supervisão desses deslocamentos, determina *a posteriori* uma ética de resistência à globalização vulgar: em um mundo estruturado pelo consumo, ele implica acharmos, antes de tudo, o que não buscamos, evento cada vez mais raro na época do marketing generalizado e da calibragem dos consumidores de acordo com perfis-padrão. O aleatório vem juntar-se aqui à precariedade, considerado um princípio de não pertencimento: aquilo que se desloca constantemente, que esfuma ou destrói as origens, que se "*viatoriza*" e procede por traduções sucessivas, não está ligado ao mundo continental, e sim a esse novo arquipélago altermoderno, esse "jardim da errância".

O sonho universalista e progressista que governou os tempos modernos está em farrapos, e desse esfacelamento nasce hoje uma nova configuração do pensamento que não atua mais por grandes conjuntos teóricos totalizantes, e sim pela constituição de arquipélagos. Agrupamento voluntário de ilhas postas em rede a fim de constituir uma unidade autônoma, o arquipélago é a figura dominante da cultura contemporânea. Pensamento continental, o modernismo não se complicava com insularidades mentais: conforme está implícito na noção de progresso, tratava-se então de formar um continente, uma internacional, uma vanguarda lançada em conquista de um território. Em termos políticos, o movimento da altermundialização reúne o conjunto das oposições locais à padronização econômica imposta pela globalização: expressa a luta pelo diverso sem, contudo, se apresentar como totalização. O altermoderno é para a cultura o que a altermundialização é para a geopolítica, ou seja, um arquipélago de insurreições locais contra as representações oficiais do mundo.

O prefixo "alter", com o qual poderíamos hoje designar o fim da cultura do "pós", vincula-se tanto à noção de *alternativa* quanto à de *multiplicidade*. Mais precisamente, designa uma outra relação com o tempo: não mais o *em* seguida de um momento histórico, mas o infinito desdobramento do jogo das voltas temporais a serviço de uma visão em *espiral* da História, que avança retornando sobre si mesma. A altermodernidade, que consiste em uma mudança de posição em relação ao fato moderno, não considera este um evento de que cabe retratar o *em seguida*, e sim um fato entre outros, a ser aprofundado e considerado em um espaço do qual enfim se retirou a hierarquia, o espaço de uma cultura mundializada e preocupada com novas sínteses. Marcel Duchamp pressentiu, em sua época, o perigo do "progresso" na arte, apaixonando-se, por exemplo, pela perspectiva no exato momento em que a pintura modernista a relegava ao setor de antiguidades. De maneira ainda mais explícita, ele afirmou que a arte era antes "um jogo entre todos os Homens de todas as épocas" do que uma relação direta e unívoca no presente. Duchamp nunca foi *radical*: o nômade que ele era odiava raízes, assim como os *princípios* e as *determinações culturais* que as acompanham. Em discreta oposição à sua época, ao mesmo tempo que explorava pistas estéticas ainda ignoradas, ele encarna assim uma modernidade não linear, que em nada corresponde àquela que o pós-modernismo pretendia superar, mas que poderia encontrar um eco na modernidade por vir.

O mito pós-moderno poderia, assim, ser contado como o de um povo libertado de uma ilusão que o subjugava, a do modernismo progressista ocidental, e que se vê alternadamente galvanizado e desamparado por seu refluxo: impõe-se a comparação com o mito de Babel, construção universalista e prometeica. Da queda da Torre de Babel, nasceram as múltiplas linguagens da humanidade, inaugurando uma era de confusão que sucedeu ao sonho de um mundo unificado e lançado ao assalto do futuro.

Veio então uma ideia nova, a tradução.

Para além do mito pós-moderno de Babel, o prefixo "alter" remete a um outro episódio bíblico: o do êxodo. Se nos debruçarmos sobre esse momento determinante da história do povo judeu que é a fuga do Egito, deparamos, por uma imagem pungente, com a questão crucial que a cultura hoje coloca para si mesma. Com efeito, é no momento do êxodo que os judeus se põem em marcha, deixando atrás de si a máquina estatal egípcia, seus deuses pesados e rigidamente codificados, suas pirâmides e sua obsessão pela imortalidade. O êxodo, escreve Peter Sloterdijk, representa o momento em que "todas as coisas devem ser reavaliadas do ponto de vista de sua transportabilidade – mesmo que arriscando deixar para trás tudo o que é demasiado pesado para carregadores humanos". A questão passa, então, a ser a de "transcodificar Deus, fazê-lo passar do suporte da pedra para o pergaminho"[11]. Em suma, passar da sedentariedade cultural para um universo nômade, de uma burocracia politeísta do invisível para um deus único, do monumento para o documento. O que o povo judeu efetuou no campo teológico não deixa de ter relação com o conteúdo latente do espírito moderno, cujo aspecto fundamental consiste em se opor à territorialização, à força de atração do solo tornado origem e fim em si, à esclerose do espírito na autoridade do monumento. Em última instância, o moderno não é mais do que um êxodo, a reconstrução em movimento das estruturas da comunidade, o ato de seu deslocamento rumo a um novo espaço. Existe uma história da diáspora das formas: o modernismo do século XIX poderia ser nela definido como o momento histórico da descoberta das tradições artísticas do mundo inteiro, da estatuária africana às máscaras das Novas Hébridas, e sua reavaliação em função das implicações do presente. Hoje a perspectiva se inverteu, e o mais certo seria perguntar como a arte poderia, enfim, definir e habitar uma cultura globalizada, contra a padronização que a globalização pressupõe.

No nível coletivo, trata-se, em última instância, da invenção de um mundo comum, da realização prática e teórica de um espaço de trocas planetário. Esse mundo partilhado (no espaço da tradução) lançaria mão desse "relativismo relativista" que Bruno Latour opõe ao relativismo pós-mo-

---

[11] Peter Sloterdijk, *Derrida, un Égyptien*, Paris, Maren Sell, 2006, p. 53. [Edição brasileira: *Derrida, um egípcio*, trad. Evandro Nascimento, São Paulo, Estação Liberdade, 2009.]

derno, ou seja, um espaço de negociações horizontais e desprovido de árbitro. Somos então levados a circular entre representações do mundo, a praticar a tradução, a organizar as discussões de onde surgirá uma nova inteligibilidade comum. Isso se revela ainda mais importante hoje em dia, no seio da agitação permanente imposta pela globalização econômica, pelo fato de a reificação nunca ter exercido a esse ponto seu império, e com tamanha diversidade. Ante o desafio que ela representa para a cultura e a arte, importa, portanto, recolocar as coisas em movimento, um contramovimento, procedendo a um novo êxodo.

1ª edição maio de 2011 | **Diagramação** Patrícia De Michelis | Júlia Tomie Yoshino | Studio 3
Fonte Palatino Light e Myriad Web Pro | **Papel** Extraprint Luxury Offset L'D 75g/m²
Impressão e acabamento Corprint